JN259113

公爵様は料理人を溺愛する

火崎 勇

white heart

講談社X文庫

目次

イラストレーション／弓槻《ゆづき》みあ

公爵様は料理人を溺愛する

高い天井。

その天井と壁にはピンクの小花が描かれている。

家具は猫足の可愛《かわい》らしいデザイン。

敷き詰められたじゅうたんの真ん中に置かれた、紫とピンクの花柄の布張りの椅子《いす》には、この可愛い部屋にお似合いの女性。

このミンスマイン侯爵家の令嬢、ロアナ様。

「アイリスが我が家へ来てくれて、本当によかったわ」

ロアナ様は私が作ったケーキを幸せそうに食べながらそう言った。

「あなたの作るお料理は本当に美味《おい》しいもの。このケーキも絶品よ」

私は空になった彼女のティーカップに新しいお茶を注ぎながら微笑《ほほえ》んだ。

「ありがとうございます」

「これ、桃が入っているのね。でも桃の季節はとうに過ぎているのに」

「シロップ漬《づ》けにしておいたんです。お嬢様がお好きだとおっしゃっていたので。そうしたら冬でも桃が食べられますでしょう?」

「素敵。まだあるの?」

「はい。あと三瓶《びん》。他にも、プラムやサクランボも作りました」

「ああ、素敵。いつも冬になると木の実のケーキばかりでがっかりだったの。でも今年は違うのね」

「はい」

ロアナ様は最後の一口を残念そうに眺めてから、口に入れた。

「んん、美味しかったわ。もう一切れ食べたいわ」

「いけませんわ。お夕飯が入らなくなってしまいます」

「お夕食は何？」

「子羊のローストとおっしゃってましたわ」

「料理長が作る料理はいいの。もう何年も食べているのですもの、大体わかってるわ。私が知りたいのは、あなたが作るものよ。今日は何も作らないの？」

「いいえ。スープを作ります」

私が答えると、ロアナ様は身を乗り出した。

「何のスープ？」

「蓮《はす》です」

「蓮？　あの水に咲く花の蓮？」

「はい。でも食べるのはお花ではありません。根っこですわ」

「根っこ？」

「このあたりではお食べにならないそうですね。料理長も驚いてました。でも美味しいんですよ。私は好きです」

「そう。アイリスがそう言うなら、きっと美味しいんでしょうね。楽しみにするわ」

「ありがとうございます。そろそろシディング男爵様がいらっしゃるお時間では？」

私は壁際に置かれた時計を見た。

午後の家庭教師の方がいらっしゃる時間だ。

ロアナ様も時計を見ると、慌てて立ち上がった。

「いけない。すぐ支度しなくちゃ。後はよろしくね」

「はい」

「明日は一緒にお茶をしましょう。私からお父様に言っておくから」

「はい。ではお勉強頑張《がんば》ってくださいませ」

「ええ。頑張らないと」

私はロアナ様と目を見交わして、意味深ににこっと笑い合った。

そのままロアナ様は勉強室へ向かわれた。大嫌いな歴史のお勉強と闘うために。

私と同じ金色の髪で、巻き毛のロアナ様。

瞳《ひとみ》の色は緑で、青い私の眼《め》とは違うけれど、深い緑は優しい色で私は好き。

瞳の色だけでなく、明るくて優しいところも好きだった。

ロアナ様は、私の恩人。

彼女がいなければ、今の私の生活はなかっただろう。

ミンスマイン侯爵家に来る前、私はお針子だった。

なりたくてなったわけではなかった。

私が生まれたのは、ここよりもっと北の方で、父は男爵の爵位を持っていた。

代々貴族だったというわけではない。お祖父《じい》様がお金で買ったのだ。

我がコーディ家は、商人だった。

地元の名士と呼ばれるほどで、大きな船を持ち、もっと北の国と取引をしていた。

爵位をお金で買ったのは、お祖父様の意思というより、取引をしていたうちのお一人である公爵様が、貴族と商売をするなら爵位があった方がいいと勧めてくださったからだ。

お陰で、お祖父様の商売は益々《ますます》順調になり、取引の幅も広がった。

持ち船も大きなものになった。

けれど、私が十四の時、その大きな船が嵐《あらし》にあって沈んでしまった。

その事故で、コーディ家は全《すべ》てを失った。

船には、お父様が乗っていた。

お母様には商売を建て直すことはできず、積み荷の補償や雇い人への支払い、まだ残っていた船の代金などで財産は底をつき、私とお母様はお母様の実家へ引き取られることになった。

男爵位もその時に売ってしまった。

けれどお母様が心労で病に斃《たお》れると、わずかに残っていたお金も失い、私は伯父様の家の居候と成り下がってしまった。

伯父様の名誉のために言うけれど、伯父様は私に良《よ》くしてくださった。

従兄弟達《いとこたち》と同じように扱ってくれて、家庭教師もつけてくれた。

でも、私はそれが辛《つら》かった。

このまま、何もできずにずっと伯父様の家で暮らし、いつか伯父様の決めた人と結婚するの？

お仕事の時に生き生きとしていたお父様を見て憧《あこが》れていた私にとって、『何もしない』ということは苦痛だった。

親切にして下さる伯父様にお世話をかけ続けることも。

伯父様の家はさほど裕福ではなく、従兄弟が五人もいたのだ。そのうち三人が女性で、彼女達をお嫁に出すにもお金が必要だろう。

その上私までも、となればきっとかなりの負担になるはずだ。

事実、伯父様の家には使用人が一人しかおらず、料理も掃除も子供達の仕事だった。

そこで自分から、働きに出たいと申し出たのだ。

何でもいいから仕事がしたい。

優しい伯父様は反対したけれど、最終的には私の願いを聞き届けてくれた。

けれどやはり心配だということで、お父様の知り合いであった身元のしっかりした方に私を預けた。

それが、ロリマー服飾店だった。

主に貴族を相手にドレスや礼服を作る、大きな店。

私はそこでお針子として働くことになったのだ。

でも……。

私にはあまりお針子としての才能はなかったようだ。

繕い物なら得意だったのだけれど、あの型紙というのが苦手だった。

それでも、お父様への恩もあるし、まだ若いのだから『いつか』上達するだろうと、お店は私を雇い続けてくれた。

せっかく伯父様に迷惑をかけないようにと家を出たのに、今度はお店に迷惑をかけることになるのかしら？

いいえ、そんなのは嫌。

何とかして、自分できちんと働けるようになりたい。

だから、何でもした。

お父様が亡くなった時は何もできずにいたけれど、いいえ、何もできなかったからこそ、自分が『何かできる』人間になりたかったのかもしれない。

このミンスマイン侯爵家に来たのは、お針子としてだ。ロアナお嬢様の新しいドレスを作るお手伝いのために、先生に同行して。

あの時のドレスはとても素敵だったわ。

ピンクのドレスで、レースやタフタのリボンがいっぱいついていた。

依頼されたドレスは三着で、先生と私は暫《しばら》くここに滞在する予定だった。

ところが、その滞在中に大変なことが起こったのだ。

先生と私は客人扱いされ、家人と同じものをいただいていたが、普通、貴族の家で働く者は主人達とは別のものを食する。

その違いが、問題だった。

使用人達の料理の中に、何か悪いものが入っていたのだろう。使用人の半分が食あたりになり、寝込んでしまったのだ。

大変なことだった。

貴族の方って、使用人がいなくちゃ何もできないのだもの。

一番の問題は料理。

掃除や馬の手入れなどは二、三日ぐらい我慢できるが、お食事はそうはいかない。

早速その夜には皆様が空腹を抱えることになってしまった。

新しい料理人を寄越《よこ》すように手配はしたけれど、その人達が到着するのは翌日の昼過ぎ。残った使用人の中で料理を得意とする者はいなかった。

ジリジリとする空気の中、私は勇気を出して言ってみた。

「よかったら、私が作りましょうか?」

伯父様の家でもお料理はしていたし、お針子としてあまり優秀ではなかったので、服飾店でもみんなのお食事を作ったりしていたから、少しだけ自信もあった。

でも、もちろん侯爵様はすぐに受け入れてはくれなかった。

突然やってきたお針子に料理を作らせるなんて、と。

けれど、ロアナ様は違った。

「私、彼女のお料理を食べてみたいわ。自分から作ると言うのですもの、きっと作れる自信があるのよ。やらせもしないで判断するのは良くないわ。作ってもらって、食べられないのなら口をつけなければ良いだけでしょう?」

娘の一言で、侯爵様は不承不承私の提案を受け入れた。

厨房《ちゅうぼう》へ入ると、食中毒の原因はすぐにわかった。

酢漬けにしていたニシンがダメになっていたのだ。

私は、そこでお肉のパイとカボチャのスープを作った。

簡単なものだけれど、お針子のみんなが好きなお料理だった。

そこでも、私を救ってくれたのはロアナ様だった。

「美味しいわ。私、またこのパイを食べたいわ」

「あまりもので作った簡単なものですわ」

「材料が何であっても、美味しいことに変わりはないでしょう？　それに、我が家にあったもので作ったのなら、問題はないわ。お菓子も作れるともっと嬉《うれ》しいのだけれど」

「簡単なものでしたら……」

「作って！」

小麦粉を練って揚げたものに砂糖をまぶしただけのお菓子も、ロアナ様は気に入ってくれた。

そしてこう言ったのだ。

「ねぇ、アイリスさん。よかったら我が家で働かない？　私、毎日あなたのお料理を食べてみたいわ」

先生は、その提案を歓迎した。

私が使えるお針子になるには、かなりの時間が必要と思ったのだろう。

侯爵様に、私が男爵家の娘であったこと、身元はしっかりしていて、礼儀作法も覚えていることなどを説明し、自分が紹介状を書いても良いと言ってくれた。

そして私はお針子から料理人になり、この家に移ってきたのだ。

いいえ、私が男爵家の娘であったということと、ロアナ様と年が近いということもあって、料理人というよりコンパニオンとして、といった方が良いだろう。

調理は、ロアナ様のお菓子と、時折この土地では珍しいお料理を一品作る程度でよく、個室をいただき、ロアナ様と二人きりで過ごすことを許された。時には着席して二人で時間を過ごすことも。

書庫に自由に入ることも許された。

破格の扱いだわ。

やり甲斐《がい》のある仕事。優しい人達。

姉妹のように扱ってくれるロアナ様。

今の私はとても幸福だった。

この幸福を与えてくれたのがロアナ様だと思うと、彼女のためにならら何でもしてあげたいと思った。

雇ってくれているのは侯爵様だけれど、私がここにいられるようになったのは、ロアナ様の言葉があってこそだもの。

そう。

ロアナ様が望むなら、侯爵様に秘密を持つことだってできる。

シディング男爵のことか。

シディング男爵は、歴史学者だった。

眼鏡の似合う優しい方。

お父様は伯爵だそうだけれど、お兄様が跡を継がれるので、彼はご実家が重ねて持っていた男爵を継がれた。

本人は、そのお陰で学問に集中できるのだと言って喜んでいたけれど。

いつも穏やかな声で話し、教養深く、私にも優しく接してくれている。

ロアナ様は、シディング男爵に好意を寄せていた。

侯爵令嬢と男爵。身分が違うので、侯爵様に知られたら、男爵はすぐにクビになってしまうだろう。

だから、今はただ授業の時間を共に過ごすだけ。

それでもロアナ様にとっては幸福な時間だ。歴史の勉強が嫌いでも。

「恋愛か……」

私はお茶のセットを片付けながら、ため息をついた。

私には、まだ恋はわからないわ。したことがないもの。

ロアナ様がシディング男爵のことを話す時、とても幸せそうな顔をされるのを見ると、きっといいものなのだろう。

いつか、私もできるかしら?

もし恋をするなら、シディング男爵のように知的で穏やかな方も良いけれど、お父様のように強い方のほうがいいわ。

精力的で、自信に満ちて、皆を導くような。

「可能性は薄いわね」

想像して、私は苦笑した。

今の自分がそんな人と知り合う機会はないわね、と。

「今日は何を作るんだね、アイリス」

料理長に手元を覗《のぞ》かれ、私は手を止めた。

あの時のニシンの酢漬けは、外から買い求めたもので、それが原因だと私が気づいたことで、料理長は面目を保つことができた。

料理長が食あたりで倒れた時、私が厨房を引き受けたことで、新しい料理人を呼ばずに済んだ。

もし新しい料理人を呼び寄せていたら、自分は病気を出すような料理人としてクビになっていただろうと、私に感謝してくれていた。

私のような娘が、厨房へ入るのを許可してくれているのも、それが理由だ。

「チーズの肉巻きです」

「チーズを肉で巻くのかい？　上に載せるんじゃなく」

「はい。お針子の頃、お肉が高くて買えないので、薄く切って硬いチーズを巻いて焼いてたんです。そうすると熱が通って硬いチーズも柔らかくなるし、食べごたえも出るので」

「ほう」

「粉をつけてから焼くと、お肉が香ばしくなって美味しいですよ」

「肉の薄切りねぇ。旦那《だんな》様は厚いお肉がお好きだから、あまりやったことはないが、お嬢様はお好みかもしれないな。肉は薄い方がいいんだろう？」

「はい。その方が巻き易《やす》くなるので。もし物足りなければ、何枚か重ねて巻けばいいかな、と」

「それじゃ、肉は私が切ってやろう。味付けはどうするんだい？」

「チーズの塩気があるから、下味は簡単にします」

「ソースを別ぞえにしたらどうだろう」

「素敵。それは考えたことがありませんでした」

「お針子さんじゃそうだろうが、旦那様のお食事にはそういうのがあった方がいい。そうだな、甘いのと、辛いのと、二種類作っておこう」

「料理長が作ってくださるんですか？」

「お前さんのソースも面白いが、旦那様の好みは私の方がよくわかってるからな」

「そうですね。それじゃ、甘えさせてください」

私が料理を作る時、みんな興味津々だ。

私が住んでいた北の地方と、このあたりとでは食材も味付けも違うし、お屋敷《やしき》に勤めている料理人は貴族のための料理を覚えていて、私が作る貧しい料理は珍しいのだろう。

「チーズの他に何か巻くことはあるのかい？」

と訊《き》いてきたのは、煮物担当のロビンだ。

「お野菜の端を細く切って巻いたりします。でもその時はチーズと違って塩気がないので、ソースを用意します」

「あの辛いヤツかい？」

私が以前作ったソースを覚えていて、彼は訊いた。

「はい」

「思うんだけど、あの辛いソースにはタマネギを炒《いた》めたものを入れるといいよ。そうすると甘みが出る」

「美味しそう。今度やってみます」

私が北の料理を作り、皆が貴族の好む料理を教えてくれる。

お陰で、ミンスマイン侯爵家の料理は美味《うま》いと、最近噂《うわさ》になっているらしい。

料理長に肉を切ってもらい、私はチーズを切る。

細く切ったチーズに塩コショウした薄切り肉を巻く。

チーズが透けて見えるのは良くないからと、二重に巻いた後、軽く粉を振ってたっぷりの油で焼けばできあがり。

簡単な料理だけれど、皆は感心してくれた。

焼くのはお食事を出す直前なのだけれど、味見をしようといくつか焼いて厨房のみんなが摘《つ》まんだ。

スープを担当しているメアリさんは、恰幅《かっぷく》のいいおばさんで、ダシの取り方などを教えてくれる。

「ブーケガルニはお料理に合わせて作るんだよ。セージやローズマリー、タイムは必須《ひっす》だね。ニンニクやローリエもいいよ」

「はい」

知識が増えるのは嬉しいことだった。

自分が何になれるかはわからないけれど、本格的な料理人というのもいいかもしれない。

いつか、ロアナ様は嫁がれ、この家を出て行くだろう。

その時、私はどうなるのか。

突然解雇されたりはしないだろうけれど、もうコンパニオンとしては必要とされなくなるに違いない。

となれば、私はこの家を出て行くか、ここに残るとしても料理人となるしかない。

そのことを考えると、今しっかりとお料理のことを学んでおきたかった。

大忙しの夕食の支度が終わると、洗い物を手伝い、私の仕事は終わり。

最後にナイトキャップのホットミルクとビスケットをロアナ様に運ぶだけだけれど、それは私にとって女友達との楽しい時間で、仕事とは思わない。

自分の部屋へ戻り、今夜のお料理のレシピを書き留めてから、用意されたホットミルクとビスケットを載せたトレーを持ってロアナ様の寝室へ向かう。

いつもなら、ナイトドレスに着替えたロアナ様がベッドの中で待っていて、私はベッドの隣に椅子を置き、彼女がミルクを飲み終えるまで、会話を楽しんでいた。

けれど今夜は……。

ノックをしても返事がないので、「失礼いたします」と断ってから音を立てないようにドアを開ける。

もしかしてもう寝てしまったのかしらと思ったので。

しかし、ロアナ様は眠ってなどいなかった。

ベッドにも入っておらず、ベッドの上に座って、泣いていた。

「ロアナ様？」

私は慌てて中へ入り、トレーをいつものサイドテーブルへ置くと、彼女の隣に腰を下ろした。

「どうなさったんです？　お加減でも悪いのですか？　メイドさんを呼びましょうか？」

私の問いかけに、彼女は首を振った。

「ああ、アイリス。あなたが来るのを待っていたの。あなたにしか話せないから」

「私にお話が？」

「お父様が……、お父様が……」

言いかけて、またロアナ様はわっと泣き出した。

手にしたハンカチはもうぐっしょりと濡《ぬ》れている。

いったいどれだけ泣いていたのだろう。

「旦那様がどうなさったんです？　ご病気でも？」

問いかけると、また彼女は無言で首を振った。

でもまだ口を開くことができない。

私は彼女が落ち着くのを待つことにし、ホットミルクのカップを手渡した。

ロアナ様は、ハンカチを持ったまま、両手でそれを受け取り、一口飲んで長いため息をついた。

鼻をすすり、また一口。

深呼吸をしてまた一口。

何度かそれを繰り返し、まだ半分残っているカップを返してきた。

まだ頬《ほお》に残る涙を、ハンカチで強く拭《ぬぐ》い、最後にもう一度深呼吸をしてから、やっと顔を上げた。

「ごめんなさい。変なところを見せて」

もう大丈夫よ、と笑ってみせる笑顔がぎこちない。

「いいえ。何かとてもショックなことがおありだったのでしょう？　私しか見ていないのですから、泣きたい時に泣いていいと思いますわ」

「ありがとう」

今度はさっきより弱々しい笑みだけれど、とても自然な笑顔。

「何があったんですか？　旦那様がどうかなさったのですか？」

私が訊くと、ロアナ様の緑の瞳が揺らめいた。

「いいえ。お父様は健康だし、何も問題はないわ。まだ上手《うま》く話せなくて、ムチャクチャな話し方になるかもしれないけれど、聞いてくれる？」

「もちろんです」

「長くなるかもしれないわ」

「朝までだってお付き合いしますわ」

私がこの家に来てから随分(ずいぶん)経つけれど、ロアナ様がこんなに泣いたのを見るのは初めてだった。

私が来るのを待っていたと言うからには、私以外に話せる相手がいないのだろう。ならば、私は、深夜でも朝でも、何だったら三日三晩かかっても、彼女の話を聞いてあげたかった。

「本当なら、今夜は最高の夜になるはずだったわ……」

ロアナ様は、遠い眼をしながら、語り始めた。私の手を強く握って。

「今日、シディング先生が私にこのハンカチをくださったの。ああ、もうすっかり濡れてぐしゃぐしゃになってしまったわ」

「私が後で洗ってアイロンをかけてお持ちしましょう」

「ありがとう。そうして頂戴《ちょうだい》。それで、ハンカチをくださった時に、今大切な論文を書いていると教えてくださったわ。その論文が認められれば、先生は王都のアカデミーに職をいただけるようになるだろうって」

「それは素敵ですわ。王都のアカデミーって、偉い先生ばかりが集まるのでしょう？」

「そうよ。とても名誉なことなの。それで、もしそうなったら、もうここの家庭教師はできないとおっしゃったわ」

「それは……」

とても残念な報《しら》せだわ。

「それでも、もしそうなったら、侯爵に、お父様にあなたに求婚したいと伝えてもいいだろうか、っておっしゃったの」

「まあ！」

貴族の上下関係はよくわからないけれど、以前聞いたところでは、アカデミーの一員になれば王都に住むことを許されるし、中には王族の教師をなさる方もいるらしい。

だとしたらシディング『男爵』も、『侯爵』家のお嬢様であるロアナ様と結婚できるかもしれない。

「相思相愛でしたのね。本当におめでとうございます。もちろん、お待ちしますとお答えになったのでしょう？」

「ええ、もちろん。私もずっと先生が好きでしたと伝えたわ。もしそのお気持ちがあるのでしたら、万が一今回認められなくても、認められる時が来るまでお待ちしますとも言ったわ」

ああ、よかった。

ロアナ様がどれだけ男爵を好いてらしたか知っていたので、それが皆に祝福される結婚に繋《つな》がるなら、こんな喜ばしいことはないわ。

私は『おめでとうございます』と言おうとして、はたと気づいた。

そんな喜ばしい話があるのに、どうしてロアナ様は泣いていたの？

嬉し涙？

いいえ、そうは見えなかったわ。それに、『お父様』の出てくる話題ではないわ。

私は安易に祝福を口にはせず、話の続きを待った。

「私達、誓いのキスをしたの。いつか必ず結婚しましょうって。そのままで終わっていたら、今日は人生で一番幸福な日だったと思うわ」

言いながら、ロアナ様の眼にまた涙が浮かんだ。

ハンカチで拭おうとしたが、それを待たずに一粒頬を伝ってゆく。

「夕食後に、お父様に呼ばれたの。私に……、私に、婚約の話がきたと……」

「ええ……っ！」

私は大きな声を上げてしまい慌てて彼女の手を握っていない方の手で口を押さえた。

「婚約って、どういうことなんです？　今まで一度もそんな話は……」

「ええ、出ていないわ。お父様も私の結婚はまだ先だとおっしゃっていたの。でも……。

アイリスは、お父様が西の隣国とお仕事を始めたのを知っている？」

「西の……、グリトフですか？　いいえ、知りませんでした」

「お父様は、商会を営んでいるの。グリトフの果実を扱う商会よ。取引は順調でミンスマイン侯爵領土は税が軽く、活気づいているわ。でも……、お父様が契約していた果樹園に病気が出て、今年の収穫どころか、病気の樹《き》を切り倒したせいで、暫く収穫は無理だということになったわ」

それは大変だ。

私は知っている。

契約をしている取引先とは、先の予定も組むもの。つまり、今年の収穫も、来年の収穫も、その商会の経営に組み込まれているはずだ。

もしその商品が入ってこなければ、それを売りさばく先との契約も破綻《はたん》する。

最悪、侯爵様の商会は破綻してしまうかも。

「グリトフにいる者が、新しい契約先を探して奔走したわ。それで見つけてきたのが、コールス公爵」

「公爵様……？」

「ええ。公爵様の領地には果樹園があるけれど、これといってご商売にはしていなかったの。とてもお金持ちだから、無理に売る必要がなかったのね。それで、お父様は、どうかその果実を我が商会に売ってほしいともちかけ、ずっと話し合いをしていたのですって。ほら、先月も遠出なさったでしょう？　あれもグリトフに行ってらしたらしいわ」

「それで……、どうなったんです？」

「今日、お返事がきて、契約してくださることになったそうよ。でも、そのお手紙に、私との婚約のことが書かれていたと……」

「婚約が契約の条件、と言われたのですか？」

ロアナ様は首を振った。

「私も訊いたわ。でもお父様は娘を売るような真似《まね》はしない、とおっしゃってくださった。ただ、お相手の公爵様が若くて独身だったから、私をお相手にどうかと申し出ていたのですって。公爵は、そのお話を受けられたのよ。お父様はとても喜んでいらしたわ。公爵様の花嫁になれるなんて、お前は何と幸福な娘だろうって。……そのお顔を見ていたら、私、シディング先生のことを告げることができなくて……」

隣国の公爵でご自分の仕事相手と、将来の夢はあるけれど確証はない男爵。私が考えても、侯爵様のお気持ちがどちらに向くかはわかる。

もしロアナ様が勇気を出して男爵とのことを打ち明けても、取り合ってもくれないだろう。

「私……、私……。せっかく先生とお気持ちが通じ合ったのに。誓いのキスを交わしたのに……。来月にはもう公爵様がお迎えにいらっしゃるのよ。私、どうしたら……」

ロアナ様は、わっと私の膝《ひざ》に泣き伏した。

「ロアナ様……」

どうしたらいいのだろう。

震えるロアナ様の背中をさすりながら、困惑した。

侯爵様が『婚約だ』と言ったことを覆す方法があるのだろうか？

お相手の公爵様は、婚約は取引条件ではないと言っている。だからお話がなかったことになっても、怒ったりはしないだろう。……多分。

けれど侯爵様は婚約を破棄することは考えないに違いない。

だって、娘は公爵に嫁ぐのが幸せだと思っているのだもの。

悪意があってやっているわけでも、計算ずくでしているわけでもない。ロアナ様の幸せを願ってのこと。

シディング男爵が求婚しても、ロアナ様のことを考えて、それを断るだろう。

ロアナ様がどんなに男爵を愛していると言っても、公爵の花嫁とアカデミーの会員に『なれるかもしれない』男爵では、公爵に嫁ぐ方が幸せだと思うに決まっている。

もしも私のお父様が生きてらしたら……。

どこかから商品を取り寄せてもらって、その公爵と結婚などしなくてもいいようにできたのに。

いいえ、それでも、侯爵様はやはり良縁と思って結婚の話を進めるだろう。

考えても、良い案は出なかった。

私ごときの頭では、解決策など思いつかない。

もっと頭が良くて、貴族の知識に長《た》けた人に相談しないと。でも、男爵様とロアナ様の恋を他人に漏らすわけにはいかないし……。

そこまで考えて、ハッと気づいた。

「ロアナ様。良い考えがありますわ」

「良い……、考え？」

「すぐの解決策ではありませんが、解決に向かう方法です」

ロアナ様は涙を拭って顔を上げた。

「どうすればいいの？」

「先生に、シディング男爵にご相談するんです」

「先生に？　でも私……上手く説明できないかも……」

「私が説明いたします」

「アイリスが？」

「はい。来月にお相手の公爵様がいらっしゃるなら、男爵様の授業も今月いっぱいでしょう？」

それを聞いて、またロアナ様の瞳が揺れる。

その眼から涙が零《こぼ》れる前に、私は先を続けた。

「ですから、私にも男爵様の授業を受けさせてあげたい、とお願いしてください。ロアナ様が嫁がれるとなれば、私はコンパニオンとしての仕事を失います。ですから、その前に私にも勉強させてあげたい、とおっしゃってください。私が以前からお勉強に興味がある、と言っていたからと」

「それはいいけれど……」

「三人で考えましょう。男爵様は頭の良い方ですし、ロアナ様を愛していらっしゃるのですから、きっといい考えを出してくれますわ」

ロアナ様は暫く黙って考えていたが、表情が少しずつ明るくなった。

「そうね。先生なら、きっと……」

「ええ、そうですとも、男爵様は私達よりもずっと頭がいいのですもの。きっと何とかしてくださいますわ」

やっと、ロアナ様の涙が止まる。

「ミルクをもう一杯作ってまいりますわ。それを飲んで、ビスケットを食べて、今夜はもうぐっすり眠ってください。それと、ハンカチをこちらに」

「洗ってくれるのね」

「はい。そして、明日私が皆様の前で贈り物ですと言って渡します。私からの贈り物でしたら、大切に持っているのを見られても、不思議ではありませんでしょう?」

「肌身離さず持っているわ」

「ええ、そうなさってください。それじゃ、今晩だけ、お借りします」

ロアナ様からハンカチを受け取ると、私はスカートのポケットへ大事にしまった。

「ミルクを持ってくる間に、お顔を洗ってらっしゃるといいですわ。明日、眼が腫《は》れてしまいますから」

「ええ」

最後に、やっと笑みが浮かぶ。

私は冷えた飲みかけのカップだけを持って、部屋を出た。

これから、大変なことが起こるわ、と不安に思いながら。


翌日、朝食の前に使用人達が集められ、旦那様からロアナ様と公爵様の婚約のことが告げられた。

何も知らない皆は口々にお祝《いわ》いの言葉を述べた。

私は少しもおめでたいとは思っていなかったけれど、皆と同じように喜んでみせた。

何かを企《たくら》む時には、いつもと違う様子を見せてはいけないものだから。

朝食が終わると、私だけが奥様に呼ばれた。

何だろうと思ってドキドキしながらお部屋へ行くと、ロアナ様が手筈《てはず》通り、私が歴史の勉強をしたがっていると伝えてくれたらしい。

「ロアナがいなくなるまでの間だけだけれど、あなたが真面目《まじめ》に学ぶ気があるのなら同席を許しましょう」

もちろん、返事は「はい」だ。

同席させるといってもロアナ様の邪魔をせず、授業を聞いているだけと、重ねて約束させられ、まず第一関門を突破した。

使用人である私が男爵様とお話をするためにはこの方法しかないのだもの、ここが一番大事なことと言ってもいい。

その時に、私は奥様に、ロアナ様にお祝いにハンカチを贈りたいと申し出た。私ごときがお祝いを贈るのはおこがましいが、何かしてさしあげたくて、と。

奥様は微笑んで許可してくれた。

昨夜は人目につくところで渡すつもりだったが、それも難しそうだったので。

私は退室すると、すぐにロアナ様のところへ行き、勉強の許可が得られたことと、ハンカチを贈ると奥様に伝えたことを話した。

綺麗《きれい》に洗ってアイロンをかけたハンカチを渡すと、ロアナ様はそれを強く握り締めた。

仕事があるのでそこではそれだけ。

後でお茶の時にでもゆっくり話をしよう、と思っていたのだけれど……。

お屋敷の様子は一変した。

考えてみれば当然だ。

お嬢様の婚礼なのだもの。

「お持ちになるドレスなどを作るのに、一ヵ月でも足りないくらいよ。それに靴やバッグや、小物も新しくあつらえなくては。あちらは公爵様かもしれないけれど、こちらだって侯爵家としての面子《メンツ》がありますからね」

と教えてくれたのは、メイド頭のデベナム夫人。

「家具などもあつらえて送りたいのだけれど、それは断られたそうよ。運ぶのが大変ですからって。確かにそうよねぇ、国内ならまだしも、国外まで家具を載せた馬車を連ねるのは大変だわ」

私は夫人と共に旦那様のお手紙の整理をしていた。

お手紙を吟味して、招待状をお出しするらしい。

お付き合いの重要度で、ご連絡だけかご招待するかを決めるらしい。私にはその違いがわからないので、ただ名前を書き出してゆくだけだけれど。

私は父が生きていた頃から読み書きをしっかりやっていたので、他のメイドよりも学があるだろうと指名されたのだ。

「お式はいつ行われるのですか？」

「公爵様がいらした時よ」

「え……？」

「と言っても、簡単なお披露目《ひろめ》だけですけどね。正式に教会でお式を挙げるのはもう少し先ね」

よかった。

びっくりしたわ。

「あの……。よろしければもう少し詳しく教えていただけませんか？」

デベナム夫人は、『何故《なぜ》？』という目を向けた。

「私は隣国まではついていけないと思いますので、ロアナ様がどうなるのか知りたいんです。だって、私の恩人ですもの」

「それもそうね。お嬢様はあなたをとても気に入っていられるし、お支度を手伝うことになるかもしれないし。知っておいた方がいいかもしれないわね」

納得した様子で彼女が語ってくれたところによると、こういうことだった。

まず公爵が当家を訪れる。

それは旦那様とお仕事の契約を行うため、ということだった。

滞在中に、親しい方や親戚《しんせき》を集めて婚約の披露パーティを行う。それが取《と》り敢《あ》えずの結婚式となるが、結婚誓約書にサインしたり、教会で誓ったりするのはもっと後。

まずは土地に慣れていただくために、ロアナ様を伴って公爵が帰国。

そちらで婚約者として暫く生活した後に、盛大な結婚式を挙げるのだそうだ。

「どうしてすぐにお式を挙げないのですか？」

すぐに挙げられては困るのだけれど、疑問だったので訊いてみた。

「旦那様のお仕事の都合よ。あなたは知らないでしょうけれど、コールス公爵は旦那様のお仕事の取引先になるの。契約が済んだら、旦那様は暫くお仕事で忙しく飛び回らなければならないから、すぐにお式はできないわ。でも公爵様の方は、早く花嫁を連れて行きたいのですって」

「どうしてですか？」

「公爵様はご両親が亡くなられているのだけれど、お祖母《ばあ》様がご存命で、そのお祖母様がご病気なのですって。だから、早く花嫁を見せて安心させてあげたいそうよ」

なるほど。

「ご事情はわかるけれど、正式の結婚前にお相手にお嬢様を送り出すのは外聞がよろしくないので、お嬢様があちらへ伺うことはあまり公にはしないそうよ。ただ知られた時にきちんと婚約をしていると言えるように、婚約式はこちらで盛大に行うらしいわ」

そうなのか。

ではロアナ様が向こうへ行くといっても、すぐに花嫁になるわけではないのね。

「アイリスも、お嬢様がいらっしゃらなくなるのが不安なのね。あなたにその気があるのなら、私から奥様に、お嬢様に同行させていただけるよう言ってみましょうか？」

「私が？　本当に？」

考えてもいなかった提案に、驚きを隠せなかった。

「奥様がご一緒できれば良いのだろうけど、奥様も旦那様のお仕事の関係でお付き合いのパーティに同伴しなければならないだろうし。誰かつけてさしあげたいと思っていたのよ。でも外国についていきたいと言ってくれるメイドはいないだろうし、一人だけあちらに行ってもその娘が可哀想《かわいそう》だし」

「今のままだと、誰もご一緒に行かれないのですか？　ロアナ様お一人で送り出されるはずだったのですか？　そんな酷《ひど》い」

「アイリス」

酷い、は言い過ぎだという目で睨《にら》まれる。

でも本当にそう思ってしまったのだもの。

「あなたの言いたいことはわかるわ。でもあちらにもご都合もあるだろうし、もしロアナ様がお寂しいとおっしゃったら、五人でも十人でもメイドを送るおつもりはあるのよ。けれどまずはあちらの申し出を受けるしかないの」

「でも……」

「あちらの礼儀やしきたりも知らない者をつけても、ご迷惑なだけでしょう。その点あなたはメイドではなくお嬢様のお話し相手。何も知らなくても許されるかもしれないわ。どうする？　外国へ行く覚悟はある？」

「行きます！　私、ロアナ様と一緒に参ります」

「そう」

デベナム夫人はほっとした表情になった。

私などよりずっと長くお仕えしているのだもの、きっととても心配だったのだろう。

「行けるかどうかはわからないわよ？　ただ奥様にお話ししてみるだけですからね」

「はい」

その日は、手紙の整理だけで一日が終わってしまった。

お茶の時間を楽しみにしていたのだけれど、ロアナ様は奥様と過ごされるということで、私は同席できなかった。

夜、ナイトキャップを運んでいくと、ロアナ様は疲れたのかもうベッドの中でお休みになっていた。

仕方がないから明日、と思ったら翌日は奥様とお出掛け。

結局、私がロアナ様とお話ができたのは、シディング男爵がいらっしゃる当日になってしまった。


勉強室は、書庫の隣にあった。

広く大きなテーブルが部屋の真ん中に置かれ、ロアナ様と男爵様は向かい合って座るようになっている。

廊下から入って扉の正面、部屋の一番奥にある窓はとても大きくて、厚いカーテンを開けると外の光がたっぷりと入るようになっていた。

入って左側にある大きな扉は書庫に続き、その向かい側にある扉の向こうには、ここと同じ部屋があるらしい。

らしい、というのは、私がここへ入ったことがなかったからだ。

書庫への出入りは自由だったけれど、私が本を読む時には書庫にある小さなデスクを使うか、自分の部屋。

重厚で落ち着いた部屋。

素っ気なく重たい空気が漂う部屋を明るくしているのは、入り口の横に飾られた大きな百合《ゆり》の花束だけだった。

私の座る椅子は、中央のテーブルの端に置かれていた。

ロアナ様が座られるものより簡素なものだ。

「もっとこちらへ持ってらっしゃいな」

ロアナ様はそう言ってくださった。

「誰かが入ってくる時にはノックがあるから、その時に離せばいいのよ。遠いとお話ができないでしょう?」

これから話す内容を考えると、確かに近い方がいいのかもしれない。

「でも男爵様を案内して誰かが一緒に来るかもしれませんから、椅子を動かすのはその後にします」

その考えは正しかった。

シディング男爵は、執事さんに案内されてきたから、もし椅子を動かしていたらきっと怒られただろう。

「今、執事に聞いたよ。今日はコンパニオンのアイリスが同席するんだって?」

私の説明のために、メイドではなく執事さんが案内していたのね。

明るい茶の巻き毛を綺麗に撫《な》でつけた、優しい印象のシディング男爵は、私を見て微笑んでくれた。

　でも眼鏡の奥の青い瞳は、どこか寂しそうだ。

　執事さんは、男爵様が着席すると、黙って部屋を出て行った。

「歴史に興味があるのかな？」

　扉が閉まるのを確認してから、私は口を開いた。

「歴史は好きです。子供の頃に色々な本も読みました。でも今日は授業を受けるために同席したのではないのです」

「授業を受けるためではない？」

「はい。男爵様にお話がしたくて」

「私に話……。何かな？」

　男爵様の声は穏やかだった。授業を受けたかったわけではないと言ったのに、怒った様子もない。

「実は、ロアナ様に縁談が来てしまったんです」

　単刀直入に切り出したが、男爵様は驚かなかった。

　ただ寂しく微笑んだだけだった。

「執事から聞いたよ。屋敷が騒がしいから何かあったのかと尋ねたら、ロアナ様の婚約が整ったのだ、と。そこにアイリスがいるのは、もう私と二人きりでは会えない、という意思表示なのだろう?」

知っていた。

ああ、だからその瞳がそんなにも寂しげだったのね。男爵様は、二人の恋が終わったと思ってしまったのだわ。

「違います」

声が大きくならないように注意しながら、私は否定した。

「その反対ですわ。ロアナ様は男爵様がお好きなんです。けれど、お父様が婚約を決めてしまったからどうしようかと悩んでらっしゃるんです。結婚したくはないんです。私が同席したのは、ロアナ様がこの話を上手く伝えられないので、私が代わって話をしようと思ってですわ」

言いながら、私はもう涙目になっているロアナ様を示した。

立ち上がり、自分の椅子をそのロアナ様の隣に寄せる。

「……アイリス」

私はこうなることを予想して持ってきた厚手のハンカチを渡した。

「ロアナ様は、ずっと男爵様がお好きでした。私はそれを聞いて知っていました。でも、お父様は、侯爵様は知らないのです。だから勝手に婚約を進めてしまったんです。ロアナ様のお心は男爵様のものです。ですから、三人でどうしたら婚約者の方と結婚せずに済むかを考えようと思ったんです」

男爵様はロアナ様を見た。

「本当かい、ロアナ?」

「私……、あなたの奥様になりたいんです。たとえ公爵様でも、顔も知らない人になど嫁ぎたくありません」

ロアナ様は、涙ながらに訴えた。

「たとえ家を捨てても、あなたと行きたい……」

二人の間にある大きなテーブルが恨めしい。もしこれがなければ絶対二人は抱き合っていたはずだもの。

「私達では、良い考えが浮かびませんでした。ですから、男爵様のお知恵をお借りしたいんです。お二人のためにも。私にできることは何でもいたします」

男爵様は暫く黙って考え込んでいた。

私はそっとロアナ様の背に手を回した。

するとロアナ様は零れていた涙を拭い、顔を上げた。

その瞳に強い光が宿る。

「私……、先生のお顔を見てよくわかりましたわ。他のどんな方よりもやはり先生が好きです。先生、……いえ、エルンスト様、私のこの気持ちは迷惑でしょうか?」

男爵の名前がエルンストというのだと初めて知った。

ファーストネームで呼んだことで、ロアナ様にとって男爵が『先生』ではなく『恋人』になったのだと思わせた。

「迷惑なわけがありません。むしろ君をさらってしまいたいという私のこの気持ちこそが、迷惑になるのではないかと思っていたところです。私を……エルンストと呼んでくれましたね？」

今日初めての嬉しそうな男爵様の笑み。

何だか気恥ずかしくて、いたたまれなくなる。……私、邪魔者よね。

でも立ち去るわけにはいかないわ。

咳払《せきばら》いを一つして、見つめ合う二人の意識をこちらに向ける。

「そういうわけですから男爵様、良い方法を考えましょう」

「まあ、アイリス、何を言ってるの？」

「……ロアナ様？」

「今もう答えが出たじゃない」

今、答えが出た？

何かお話ししたかしら？

意味がわからなくてその顔を見つめると、ロアナ様はまだ少し赤みの残る目を細めて微笑んだ。

「私、エルンスト様と行くわ」

「行くって……どちらへ？」

「この家を出て、エルンスト様についていくと決めたのよ。エルンスト様は、私をさらってくださるのでしょう？」

「あなたが良ければ」

……ちょっと待って。

それって駆け落ちということ？

二人は見つめ合ったまま、うっとりしているけど、そんな場合じゃないでしょう？

でも、そんな二人の間に入ってゆく勇気がなくて、おろおろと見つめるだけだった。

「私の領地ではすぐに見つかるかもしれないから、一緒に王都へ行ってくれると嬉しいんだが」

「もちろん、行きますわ。でも私、アイリスのようにお料理を作ったり、お掃除したりはできなくてよ？」

「メイドを雇うくらいの生活はできるよ。君は何もしなくてもいい」

「でしたら私、あなたの勉強を手伝いますわ。お付き合いも色々あるのでしょう？　社交術にでしたら自信がありますわ」

「君ならどんな人も魅了できるだろう」

放っておくと二人の妄想がどこまでも続いてしまいそうなので、心を鬼にして会話に割って入った。

「ちょっと待ってください、お二人とも」

前言撤回、二人の間にテーブルがあってよかったわ。

もしなかったら私の目の前で何が繰り広げられていたか。

「未来の幸福な話をなさるのは結構ですが、その夢を実現するためには越えなければならない壁があるのをお忘れになってはいけませんわ」

二人は揃《そろ》って私を見て、正気に戻った。

「そうだね。まずは君がこの家を出ることを考えないと」

男爵様は妄想に耽《ふけ》った自分を恥じるように、眼鏡を直しながら小さく咳払いをした。

「まず、ロアナが一人になる時間を考えよう」

「でも私、コールス公爵がいらっしゃるまで、やることがいっぱいで一人になれる時間なんて……。夜は疲れて早くに眠ってしまいますし。明日にはお母様と一緒にお祖父様のお屋敷へ行かなくてはなりませんし、ドレスを作るために仕立屋が来たりと、人の出入りも多くなりますわ」

「夜中に部屋を抜け出す、というのもロアナには無理だろうしね……」

「ごめんなさい。きっと寝ていると思います」

　私はその考えに更に付け加えた。

「夜は園丁が見回りに歩いたりもしますわ。婚約式の当日には、ご親戚や、侯爵様のご友人もいらっしゃいますから、その前に何とかしないと」

「いや。人を集める前に君がいなくなっては、侯爵が恥をかくことになる。そうなれば追っ手は厳しいものになるだろう」

「ずっと逃げ続ける生活は、ロアナ様には辛いですわ」

　私がポツリと漏らすと、男爵様は笑った。

「教会で、証人を立てて結婚誓約書にサインをしてしまえば、見つかっても、もう私達は夫婦だ。ただ侯爵が異議を申し立ててもはねつけられるようにするには、その証人を侯爵位以上の方にしないと」

「お知り合いにいらっしゃいます？」

　失礼かと思ったけれど、大事なことだから訊いてみる。

　男爵様は慌てた様子もなく答えてくれた。

「王都に行けば、アカデミーに親しくしている公爵がいらっしゃる。学問の師匠で、とても良くしてくださるから、きっと証人になってくださるだろう」

「となると、王都に行くまでは絶対に見つからないようにしないといけませんわね。それに、ロアナ様のお顔を見られないように移動するには馬車が必要ですわ」

　色々と難しいわ。

　まずロアナ様をこっそりとこの屋敷から連れ出す。王都までお連れする。その間追っ手がかからないようにして、結婚の承認を受ける。

　それをロアナ様が隣国へ行く前に決行しなければならないとすると、猶予はあと一ヵ月しかない。

「ロアナをここから出すことは君の協力を仰ぐとしても、馬車を手配すれば、足がつく。それに、そんなことをした君がこの屋敷に残って無事でいられるとも限らない。アイリスのことも考えなければ」

「アイリスのことまで考えてくださるんですね。やっぱりエルンスト様はお優しいわ」

「誰かの不幸の上に立つ幸福では、君も幸せになれないだろうからね。にしても、やはりまずはロアナが屋敷を脱出する方法だな」

「アイリス……」

　不安げに私を見つめるロアナ様のお顔。ああ、もし私がロアナ様と瓜二《うりふた》つだったら、身代わりになれるのに。

　その時、ハッと閃《ひらめ》いた。

「そうですわ、いい考えがあります」

実行は難しいかもしれないけれど、それはとても良い考えのように思えた。

「よろしいですか、よく聞いてください」

なので私は、意気揚々とそのアイデアを口にした。

これならきっと上手くいく、と思って。


お屋敷は、美しく飾られていた。

隅々まで綺麗に掃除がされ、そこここにお花が活けられ、飾られる美術品も旦那様のとっておきの品ばかり。

客間という客間にはお客様の荷物が届けられ、厩《うまや》はお客様の馬でいっぱい。馬を外された馬車もズラリと並んでいる。

使用人も数が足りなくなって、臨時にご親戚から借りてきた。そういう人々は裏方に回るが、それでもとにかくお屋敷には人が溢《あふ》れていた。

「何ともせわしないことですよ」

デベナム夫人は不満げだった。

ご親戚から借りたメイドが、さきほどお皿を割ってしまったからだ。

高価なものではなかったが、主人のものを一つでも欠けさせたことが許せないらしい。

「今日いらして、明後日《あさって》には出発だそうよ。いくらお祖母様のご容体がよろしくないからって、ロアナ様の婚約式ならもっと時間をかけてさしあげたいじゃない」

話し相手は私ではなく、執事のポールさんだった。

「確かにね。もしその方に何かあったら、喪中としてお式も遅れるだろう。そうなったらじっくり時間をかけて結婚式ができるさ」

「まあ、何て不謹慎な。私はそんなことは望んでませんよ」

「私だってそうだ」

家の中のことは自分が一番知っている、という争いをしている二人は、こうして時々口論をする。

仲が悪いわけではないのだけれど、どうしても自分が一番の忠義者だということは譲れないらしい。

「アイリス、お客様のお茶菓子が足りなくなりそうよ。まだある？」

メイドの一人が飛び込んできたので、二人は早々に厨房を出て行った。何かが足りないのならば、自分がフォローしにいかなくては、と思ったのだろう。

「あるわ。すぐ持っていく？」

「ごめんなさい。私、ハルド伯爵の荷解《にほど》きを手伝わなくちゃならないの、あなた運んでくれる？　孔雀《くじゃく》の間よ」

「はい」

私は焼き上がったばかりの小さなタルトをお皿に移し、つけていたエプロンを外した。

「一口サイズのタルトなんて、作るのが面倒だと思ってたが、切り分ける必要がないから
サーブの係が必要なくて、忙しい時にはいいな」

料理長がお皿を覗き込んで褒めてくれる。

一口サイズのタルトは私の考案なのだ。

「昔、家では使用人が多かったのでこうしていたんです。貴族の方はそうはしないでしょ
うけど、手で摘まんですぐ食べられるから。先にタルトのカップだけ焼いておけば、後は
作り立てを出せるでしょう？」

「ああ。中身を変えて出せば、同じものでも違う菓子に見えるからな」

「じゃ、ちょっと行ってきます」

「ああ。晩餐《ばんさん》の支度があるからすぐ戻っておいで」

「はい」

服に粉がついていないかどうかを確かめ、トレーを持って孔雀の間に向かう。

今日は、ロアナ様のお相手、コールス公爵がいらっしゃる日だった。

さっきデベナム夫人が言っていたように、公爵が今日到着して晩餐会。明日婚約式を行

い、夜はお披露目のパーティ。そして明後日には公爵はロアナを連れて出発する。

何という強行軍。

この結婚自体がお祖母様に自分の花嫁を見せてあげたいということでだから、急ぐ気持ちはわからないではない。

それに、旦那様にしても、婚約式が終わったら、すぐに商会の仕事に向かうらしい。

いつもは代理の者に任せて旦那様はそちらのお仕事にはあまり顔を出さないそうだけれど、今回は納入が遅れるので取引先に挨拶《あいさつ》に行かなくてはならないらしい。

もちろん、奥様もご一緒に。

だからか、奥様はこの一週間、ロアナ様をご自分のお部屋に呼び、一緒にお休みになられていた。

最後の母娘《おやこ》の時間を大切になさっているのだろう。

厨房から孔雀の間に行くには、玄関ホールを通らねばならない。

私が丁度ホールを通ろうとした時、人声が聞こえた。

「お荷物はすぐにお部屋に運ばせましょう。皆様別室に集まっておいでですが、公爵様はそちらに？　それともいったんお部屋で休まれますか？」

執事さんの声だわ。

お客様がいらしているなら、少し待った方がいいわね。

私はホールの入り口で足を止めた。

大きく開いた玄関の扉から、黒髪の、背の高い男性が入ってくる。

「できれば茶の一杯でももらいたいな。馬に乗り続けて、喉《のど》が埃《ほこり》っぽい」

「かしこまりました。では、すぐにお持ちいたしましょう。お部屋へは私がご案内いたしましょう。さ、どうぞ」

私の前を通る時、その男性は立ち尽くす私に一瞬目を向けた。

黒い髪。

通った鼻筋と高い鼻、光を受けてチカッと光ったように見えた黒い瞳は赤みがかっているように見えた。きっと茶色だったのかもしれないけど。

とても意志の強そうな顔だわ。

そして彫像のように綺麗。

しっかり伸ばした背筋と大股《おおまた》で歩くところは軍人のよう。でも、無理に足音を立てないところは貴族らしい。

この人が、コールス公爵なのだとすぐにわかった。

執事さんが『公爵』と呼んでいたし、口の中が埃っぽくなるくらい長く馬に乗ってきたそうだし、今までお会いしたことのない方だったから。

優しそうなシディング男爵とは全然違うわ。

公爵は私のことなど気にも留めず視線を戻し、執事さんと一緒に奥へ消えた。

……素敵な方だった。

印象的な。

けれど、ロアナ様には合わないわ。

ああいう男の人は女性に柔順さを求める。自分の強さを誇示するために。

きっとあの人と結婚したら、ロアナ様は萎縮《いしゅく》して暮らすことになるだろう。見知った人のいない外国で。

「やっぱり、私はシディング男爵の方がいいと思うわ」

私はホールを突っ切って孔雀の間に向かった。

広い部屋では、集まった方々はお茶やシャンパンを楽しみ、歓談していた。

空いたお皿を下げ、新しく持ってきたお皿を置く。

「グリトフへ嫁ぐんですって。侯爵も可哀想に」

「あらでも、裕福な国じゃない」

「それでも娘が簡単に会えない場所に嫁ぐのは寂しいわ」

ご婦人達は結婚の話題。

「心配していたが、何とかなりそうでよかったな。ミンスマインの商会には私も出資していたんだ」

「貴族が商売に手を出すからだ」

「だが彼の領地の豊かさを見ると、そうとも言えないな。ささやかな商売でも、領民は潤う。もちろん、自分の懐もね」

「うちは陶器の取引をしているよ。南の方の珍しいものを。ま、趣味半分だな」

殿方はお仕事の話題。

旦那様と奥様は人々の輪の中心にいた。

ロアナ様の姿はない。

晩餐会までは、お部屋で過ごすことになっているからだ。

晩餐会の席に、公爵様のエスコートで一緒に姿を見せることになっている。

会場には、シディング男爵がいた。

男爵は私に気づくと、さりげなく近づいて声をかけてきた。

「ロアナの様子は?」

「お部屋ですわ」

「君はその……、大丈夫かい?」

「はい」

私を気遣ってくれているのがわかったので、にっこりと微笑んだ。

「私、自分にもロアナ様にしてあげられることがあって、喜んでます。それより、『あちら』のご用意は？」

「ああ、そうだ。それで君にこれを渡そうと思っていたんだ」

男爵様はポケットから出した紙を私に手渡した。

「住所だ」

私はそれを小さくたたんで自分のポケットに入れた。

「少し遅れるかもしれません。後をつけられたりしないように」

「行くあてはあるのかい？」

「父のお知り合いの方とか、親戚の家とか。二、三日泊まらせてくれるところはありますわ」

「お金は？」

「お給金を貯《た》めてましたもの。ご心配なさらずに。晩餐会にもご出席を？」

「いや、私はこの顔合わせだけで失礼する。侯爵とはそれほど深い知り合いでもないし。これだって、仕事の打ち切りに対するお詫《わ》びの挨拶のようなものだ」

「旦那様にアカデミーの話はなさいました？」

男爵様が有望株だ、というアピールは必要だもの。

『いつか』のために。

「次の仕事を紹介するとおっしゃってくれた時に、アカデミーに行くことが決まったから気になさらないようと伝えておいた」

「行かれるのですか？」

驚くと、男爵様は頷《うなず》いた。

「先週末に手紙が届いた。良ければアカデミーの附属の学院で教鞭《きょうべん》をとらないか、ともあったよ。これで貧しい生活はしなくて済みそうだ」

「素敵。よかったわ」

「チャンスがあったら、彼女にも伝えておいてくれ。安心させてあげたいから」

私が喜び過ぎたのか人の視線が向けられ、慌てて喜びを隠した。

「はい、かしこまりました。それでは私は仕事中ですので失礼いたします」

「ああ。また」

私の意図を汲《く》んだのか、男爵様は静かに頷きそっと離れていった。

私は孔雀の間を出て、軽やかな足取りで厨房へ向かった。

いい報せだわ。

これから先のことが全て上手くいく兆しのよう。

さあ、晩餐会の支度に取り掛からなくちゃ。何事もなくロアナ様を送り出せるように、それまでの全てを、滞りなく行うために。

今夜はハチミツで髪を洗おうかしら？

いいえ、それは明日にした方がいいわね。

指先にオイルを塗るのも、明日の夜にしましょう。

私も、このお屋敷から旅立つ。ロアナ様と一緒に。

このお屋敷ともお別れかと思うととても寂しいけれど、私がここにいられたのはロアナ様のお陰なのだから、ロアナ様のために去るのならば構わないわ。

これからもずっと、ロアナ様と一緒にいられるのだから。


集められた人々の中にコールス公爵が現れ、彼はソツなく皆様と会話をした。

祝福の言葉を受け取り、疲れた様子も見せなかった。

挨拶だけ済ませると、すぐに退室してしまったけれど。

そして晩餐会。

コールス公爵は美しく着飾ったロアナ様と共に食堂に再び現れた。

お二人が並んだ姿は一枚の絵のようだった。

ロアナ様は愛らしいピンクのドレスに身を包んでいたが、公爵様は子供っぽい色だと言ったらしい。

褒め言葉ではないわね。

晩餐会が終わると、男性と女性とに分かれて時間を過ごし、その夜はそれでおしまい。

ロアナ様はその夜も奥様と過ごされた。

翌日。

ロアナ様は明るい黄色のドレスをお召しになった。腰の辺りに大きなリボンが付いているお気に入りのドレス。

それから広間で婚約式を行い、正式にお二人の婚約が発表された。

夜にはパーティで、二人はダンスを踊った。

その全てを、私は見ることができなかったけど。

使用人の私はそういう晴れがましい場には出席できないのだ。

厨房で、お客様の舌を楽しませる料理を作るので忙しかった。

これからご迷惑をかける侯爵様に、せめてものお詫びとして、侯爵家のお料理は美味しかった、珍しかった、という良い評判を残してさしあげたかったから。

夜には私達使用人にも、いつもより豪華な料理が振る舞われた。

そしてそれは私のお別れの席でもあった。

私は、ロアナ様と一緒に公爵様の下へ行くことになっていたので。

「ロアナ様をお願いね」

「大変だろうが、頑張るんだよ」

「あなたがいなくなると寂しくなるわ」

皆が口々に私の旅立ちを労《ねぎら》ってくれた。

「これ、今まで作ったお料理のレシピです。私がいなくても、料理長なら私よりもっと美味しく作れると思いますので、侯爵様達に作ってさしあげてください」

もう私がこの屋敷で調理をすることはないだろう。

「お前さんも、向こうで皆さんに喜ばれる料理を作るんだよ。いや……、コンパニオンとして行くならもう料理はしないのかな。もったいない。ロアナ様の分だけでも作らせてもらえるよう、頼んでみるといい」

「ええ。そうですね」

誰も知らない。

何も知らない。

知っているのは私達三人だけ。

夜には、特別にロアナ様と同じ入浴剤を入れたお風呂《ふろ》に入らせていただいた。

こういう細かいことが大切なのだ、計画のためには。

よく朝、私はロアナ様からいただいたお下がりのドレスを身に纏《まと》った。

帽子も、ロアナ様のお下がり。

ロアナ様が一緒に行くのだからこれぐらいはしてあげたいの、とくださったのだ。

それから、グリーンの長いマントも。

私達は、体型が一緒だったので、どこかを直したりする必要はなかった。

ロアナ様は帽子もドレスもマントも靴も、何もかも新調したもので身を包んでいた。

帽子は特にロアナ様の注文で作った、ツバの大きなもので、レースのベールで顔がかくせるようになっている。

朝食を終えると、すぐに出発だ。

私とロアナ様は同じ馬車に、コールス公爵は馬で行く。

彼が来た時、馬に乗って口の中が埃っぽいと言っていたので、馬で帰るのだろうと思っていたが、その通りだった。

もし馬車に同乗すると言っても、女二人で話したいことがあるからとか何とか言って、二人きりになる予定だったけど。

馬車に乗り込む前、ロアナ様はご両親と抱き合い、別れを惜しんだ。

「仕事が終わったら、そちらへ遊びに行くよ。それまでは公爵家の方々と仲良くするんだよ」

「身体《からだ》には気を付けるのよ」

何度も抱き合い、何度もキスして、ロアナ様は涙ぐんでさえいた。

私も、デベナム夫人を始めとしたお屋敷の人々に見送られ、ロアナ様と一緒に馬車に乗り込む。

馬車に乗ってからも、ロアナ様は窓から身を乗り出すようにしてご両親に手を振り続けた。

「きりがないですな。そろそろ行かせてください。宿に着くのが遅くなる」

だが公爵はそう言うと馬車を出させた。

少しぐらい時間が遅れてもいいのに。親子がこんなにも別れを惜しんでいるのを見て、何とも思わないのかしら？

ともかく。

馬車は動き出した。

ミンスマイン侯爵家が遠くなる。

もしかしたら、もう二度と戻れないかもしれない場所が。

ロアナ様は涙を拭《ふ》き、私を見た。

「本当にいいの？　アイリス」

「それは私の言葉ですわ」

「私はいいの。自分の幸せのために心は決めたのだもの。私の婚約の発表と共にお仕事の契約もされたから商会にも影響はないと思うわ。婚約も正式な発表ではない上、コールス公爵様側からの出席はなかったから、あちらに到着しても『婚約はなかった』と言えばそれで終わりにできるでしょう。お父様達には……、エルンスト様が出世すればきっと許してくださるわ」

その眼差《まなざ》しには迷いは見えなかった。

「私が侯爵家をクビになったら、ロアナ様が雇ってくださるのでしょう？」

「もちろんよ。最初はそう裕福ではないかもしれないけれど」

「いいえ。ロアナ様とご一緒できれば、それで十分です」

「ありがとう、アイリス……」

ロアナ様の脱出は、この旅程で行われることになっていた。

手筈はこうだ。

まずは私とロアナ様が同じ馬車に乗る。

一行は、馬に乗った公爵、公爵の荷物と召し使いを乗せた馬車が一台、私とロアナ様の乗ったこの馬車、ロアナ様の荷物を載せた馬車が三台。

そのうちの一台は、私が詰めたロアナ様が新居で暮らすための荷物が載っている。

昼食の時までは、何事もなくこのまま進む。

そして昼食を終えると、ロアナ様が公爵に申し出るのだ。

「私が世話になった者に、この荷物を贈りたいのです。侍女（私のことだ）に使いを頼みますので、ここから別行動をさせます」

もちろん、その時には、馬車の中で細かい指示をすると言いながら、私とロアナ様は帽子とマントを替える。

顔が同じでないのなら、同じでない場所を隠してしまえばいい。それが私のアイデアだった。

ロアナ様が特注で作った帽子に付いたベールは顔を隠すためだし、私が譲っていただいた帽子はツバが大きく顔が隠れるようになっている。

これならばパッと見、二人の顔はわからない。

覗き込まれたらバレてしまうが、その心配は無用だった。

コールス公爵は、一度も私達の馬車を訪れることはなかった。

よほど急いでいるのか、彼が睨んでいたのは時計だった。

昼食を摂《と》る宿屋に到着すると、彼はため息をつき「間に合わないか……」と呟《つぶや》いたので、何か約束ごとがあるらしいことはわかった。

だから急いでいるのね。

馬車が傾くほど荷物を積んだ隊商が昼食を予定していた宿を占領していて、彼等《かれら》が出発するまで席に着くのに時間がかかることや、ロアナ様が食事中にずっと泣き続けていたことも公爵様を苛立《いらだ》たせたようだった。

さすがに怒ったりはしなかったが、憮然《ぶぜん》としたまま殆《ほとん》ど言葉を交わさなかった。

お陰でロアナ様の望みも「好きにするといい」の一言で受け入れてくれた。

私達が入れ替わった後、馬車を乗り換える私（着替えたロアナ様だが）に声をかけることもしなかった。

見かけは変えることができても、声は変えることができないので、もし何か言われたら返事ができないとドキドキしていたのに。

ロアナ様を乗せた馬車は、指示に従って、とある場所へ向かう。

御者は公爵様が用意した者だからロアナ様と直接言葉を交わしたことはなく、声を聞かれても入れ替わりを疑われることはない。

その馬車で目的地へ到着すると、そこにはシディング男爵が御者の姿で待っているはずだった。

そこまで馬車を操っていた公爵様の御者には馬を与えて帰し、そこからは男爵が馬を操り王都へ。

これならば、御者から行き先がバレることはないし、新しく向かう場所でロアナ様に必要なものを持っていくことができる。

男爵には、先に王都で家を借りてもらっていたので、馬車が到着したらすぐに二人で生活を始めることができる。

新しい家の住所はもらってあるから、後で私もそちらへ合流する予定だ。

問題は、私がいつまでロアナ様のフリを続けていられるかにかかっていた。

今の様子なら、きっと今夜泊まる宿までは大丈夫だろう。

まだ婚約中なので寝室は別。私が夕飯を我慢することにして、具合が悪いから夕食は食べたくないとすぐに部屋に引きこもれば、朝までいけるかもしれない。

でも公爵邸到着よりは前にバレないと、公爵様が偽者の婚約者を渡されたと恥をかいてしまうから、そのタイミングが問題ね。

私は馬車の窓からそっと外を見た。

見知らぬ街。

長く住んでいた場所から遠くへ行くのは、三度目だわ。

最初は実家から伯父様の家へ、二度目は伯父様の家から服飾店へ。服飾店からミンスマイン侯爵邸はそう離れていなかったので、見知らぬ場所とはいえないから、これが三度目になる。

そして四度目はすぐだわ。

ロアナ様を追って王都へ行く。

きっとそれが最後の旅になるだろう。

窓の外はだんだんと日が暮れ、景色が赤く染まってゆく。

畑や森など、人家のなかった風景に、ポツポツと家が現れるようになったかと思うと、突然馬車は街の中に入った。

大きな街ではないが、身を寄せ合うように建つ家々。

日の暮れ具合からみて、宿はこの街にとってあるのだろう。

でも、公爵の一行が泊まるには、随分と寂しい街だ。

これも、公爵様が時間を気にして決められたのかもしれない。日が暮れるまで走って到着する街、とか何とか。

私ならかまわないけれど、侯爵令嬢であるロアナ様の、婚約者との初めての旅の宿泊先としては、最適とはいえない。

御者台に続く小窓がノックされ、わずかに開いた隙間《すきま》から「そろそろお宿に到着します」という声が聞こえた。

やっと到着ね。

宿に入ればこの帽子も取れるわ。

そう安堵《あんど》した時、突然ものすごい地響きと轟音《ごうおん》がした。

馬が驚いたのか、嘶《いなな》きと共に馬車も揺れる。

「な……、何？」

思わず声を上げ、窓枠にしがみついた。

「下がれ！　巻き込まれるぞ！」

「まだ崩れてる！」

そんな声が外から聞こえる。

馬車の揺れが収まると、私はそうっと窓の外を見た。

夕闇《ゆうやみ》の中、人々が一定方向に走ってゆく。

男性も女性も。

中には真っ青な顔で抱き合っている人々もいたが、その視線は人々が走ってゆく方向に向けられていた。

「馬車を寄せろ！　見てくる」

公爵様の声だわ。

「いけません、危険です」

「何が起こったかわからんのでは、危険も何もないだろう」

「公爵！」

ここからは見えないけれど、従者の制止を振り切って、彼は音の原因を見に行ったのだろう。

御者は私とロアナ様を見分けることはできないだろうから、私は開いたままの小窓から声をかけた。

「何が……あったのですか？」

「よくはわかりません。何かが倒れるような大きな音がしました」

「怪我《けが》をした人は？」

「それもわかりません。取り敢えず、道の真ん中にいては邪魔になるので、公爵様の命令通り、少し移動させます」

御者がそう言うと、ゆっくりと馬車が動いた。

「馬車からお出になりませんように。とにかくすごい騒ぎになっているようですから」

言われなくても出たりしないわ。

でも、外の様子は気になった。

公爵様は馬車から離れたようだし、外は暗くなり始めている。少しくらい窓から顔を出しても大丈夫だろう。

私は視界を遮るベールの付いた帽子を取り、再び外を眺めた。

耳を澄ますと、いくつかの単語が届いた。

「まさかあんなに簡単に……」

「宿には馬車が入ってったわ」

そしてまた音。

メリメリッと肌を粟立《あわだ》たせるような嫌な音に続いて地響き。

馬はもう暴れることはなかったが、人々は退《しりぞ》いた。

「隣も！」

「アッシャーの家だよ！　あそこには子供がいるんだ！」

子供？

わからないけれど、とても大変なことが起こっているのだわ。

もっと何か聞こえないかしら？

でも、これ以上顔を出すわけにはいかないし、御者も何もわからないようだし……。

断続的に何かが崩れる音がし、今度は人々が向かった先から逃げてきた。

「もうダメだ！　離れろ。巻き込まれるぞ！」

「おい、何があったんだ？」

私の代わりに、御者が走ってきた男の一人に声をかけた。

「宿が崩れたんだ！」

「何だって？」

「恐ろしくたくさんの荷物を持ってきた商人が、宿の者が止めるのも聞かずに荷物を部屋へ運び込んだんだ。そしたら重みで床が抜けて、宿が崩れたんだよ！」

宿が崩れた？

それってもしかして、私達が今夜泊まる宿？

「ドミノ倒しみたいに、宿の隣から隣へ、建物が崩れていっている。もうあの一角はダメだ」

建物が崩れた。

宿に人はいたのかしら？

さっき子供がいるって言っていたけれど……。

その時、突然馬車の扉が開いた。

ノックもなしに、だ。

「宿が倒壊した。今夜は野宿になるかもしれない」

入ってきたのはコールス公爵だった。

「食事も……、君は誰だ！」

中に入ってきた彼は、私の顔を見て叫んだ。

外を見ようとベール付きの帽子を脱いでいた私はその素顔を晒《さら》していた。

ロアナ様と会って、話をしていた公爵様には、私がロアナ様ではないことが一目瞭然《いちもくりょうぜん》だっただろう。

「ロアナ嬢は？　どうやってここに入った！」

彼は近づくと、私の手を強く握った。

「わ……、私は侍女のアイリスです」

「アイリス？　ロアナが連れてくると言った娘か？　だが彼女は途中で別れたはずだぞ」

「それがロアナ様です」

「何だって？」

小さな窓から差し込む夕日の残光が彼の黒い瞳に朱を映す。

その目は、憤然としたその表情と合わせて私を震えるほど怖がらせた。

「どういうことだ！」

その時また大きな音が響いた。

きっとまた何かが倒れたのだわ。

「火事が……」

「火事？」

「この時間なら、皆夕餉《ゆうげ》の支度をしていたはずです。火事になるかも」

私の言葉の意味がわかったのか、公爵様の目が外に向けられた。

「逃げるなよ。事情は後で聞かせてもらう。今は人命救助が先だ」

そう言うと、彼は私を突き飛ばすように手を離し、馬車から出て行った。

……知られて、しまった。

心臓がドキドキしていた。

いつかは知られると思っていたけれど、こんなふうに突然その時が訪れるとは思っていなかった。

公爵様の怒った顔も、大きな声も怖くて……。

「ああ、また……！」

外から悲痛な叫びが聞こえてこなかったら、きっとその場から動くことすらできなかっただろう。

『宿が倒壊した』と公爵様も、街の人間も言っていた。

子供がいるとか、周囲の建物も巻き込まれているとか。

大丈夫なの？

いいえ、大丈夫なわけがないわ。

私は帽子を被《かぶ》り、ベールを下ろすと馬車から出た。

「お嬢様、外へ出てはいけません。危険です」

「近くまでは行かないわ。様子を見たいの」

「しかし……」

「あの角までよ。それ以上は行かないわ」

人々が固まって一方を見つめている場所。

私が歩くと、馬車はゆっくりと動き出した。私を保護するかのように。

十字路の角まで来ると、埃と木の臭《にお》いが強くなった。

「荷物は後にしろ！」

「しかし旦那。あれは俺達の全財産です」

「命より大事か！　後で掘り出すこともできるだろう。馬を連れて下がれ！」

人々に命令しているのは、コールス公爵だった。

彼を囲むようにしている男達には見覚えがある。

昼間、私達が食事をした宿の先客だった隊商だ。馬車が傾くほど荷物を積んでいた。あの荷物を全部宿に持ち込んだのね。

「中に子供がいるんです」

「声かけをしろ！　子供の名を呼べ！　耳を澄まして子供の声を聞け。怪我しているかもしれない、水の用意を！」

大きな建物の半分が傾いていた。

残りの半分は既に瓦解《がかい》し、廃材の山となっている。

馬車は裏庭に並んでいるのが見えるが、馬は既に引き出されていた。

ぼうぜんとその様子を見て立ち尽くしている人々が、公爵様の命令で動き出す。

「退《ど》けられる材木は外せ、一ヵ所に積み上げろ。女子供はこの場から離れろ。通りの反対側の家へ避難しろ」

命令が下されると、人々が動く。

「斧《おの》を持ってこい!」

「どうするんで?」

「これ以上の倒壊を防ぐために傾いた家を壊すんだ」

コールス公爵は、自ら上着を脱ぎ捨て、倒れた建物に近づくと、大きな材木を肩に載せ、持ち上げようとした。

貴族が率先して動いたことで、周囲の人々も彼に駆け寄る。

「宿屋の主人を探せ。今夜の投宿客の避難を確認させろ」

「はい」

「近隣の者は、家族や住人を確認するんだ」

「旦那、危ない。そこはギシギシいってますぜ」

「ロープを結んで支えちゃどうでしょう?」

「よし、ロープを持ってこい」

冷たく、高慢な人なのだろうと思っていた。

愛想も思いやりもないのだろうと。

だって、ロアナ様に優しい言葉をかけてくれるわけでもなく、親子の別れすら途中で切り上げさせたのだもの。

けれど、今目の前にいる公爵様は違っていた。

公爵という高い地位にありながら、危険を顧みず先頭で指揮している。

いいえ、それだけではない。汚れることも厭《いと》わず、救出の作業もしている。

判断も的確で、全てが見えているかのよう。

人の命の大切さを知っている人だわ。だからあんなふうに動けるのだわ。

子供を救えと叫び、荷物などより怪我人を確認しろと言う。

身体が震えた。

それは、彼を恐れた時とは違う。彼の崇高さに心を打たれたからだ。

「お嬢様、もうよろしいでしょう。馬車へお戻りください」

御者が不安げな声をかけてきた。

「ええ……」

返事をしながら、私は公爵様から目が離せなかった。

「あの方は、いつもああなの？」

「はい？」

「いつも、ああして自分から危険の中に飛び込んでいかれるの？」

「はい。公爵様はとてもご立派な方です。他の貴族とは違います」

御者は自慢げに答えた。

「公爵様は、軍隊にいらしたんです。武勲もたくさんお立てになりました。南方の蛮族と戦ったり、盗賊を捕らえたりもしたのですよ」

「人命救助も？」

「もちろんです。我が領で水害があった時などは、自ら子供を助けるために川に飛び込まれました」

「そうなの……」

そんな立派な方だったの。

「さあ、お嬢様。馬車へ」

もう一度促され、私は馬車に戻った。

私は、公爵様を誤解していたのだわ。

一部の対応だけを見て、ロアナ様に相応《ふさわ》しくない、良い方ではないと決めつけてしまっていた。

私も……、今すぐあの場に行って、何かお手伝いしたい。

でも今の私は『ロアナ様』。貴族の娘が人前で立ち働くなどおかしいわよね。あそこで必要なのは、力仕事だもの。ロアナ様ではなく、私自身でもできることはない。

それがもどかしい。

あんなにも懸命に働いている公爵様を、あの人々を、お手伝いできることがあれば……。

私は再び馬車を出た。

「お嬢様」

「倒壊した宿へは近づかないわ。あなたは馬車を守っていて」

「しかし……」

私は近くでおびえている年配の女性に声をかけた。

「あなたの家は無事？」

「え？　あ、はい」

「あなたの家に案内して」

「私のところでお休みに……？」

「いいえ。あなたにも手伝っていただくわ。一緒に来て頂戴」

「は……、はい。お嬢様」

「それじゃ、すぐに案内して」

私にもできることがある。

たとえ後で公爵様に怒られようと、今人を助けようと立ち働いている人々のために、何かしてあげたかった。

時刻は夕暮れ方。

作業をしている間に、外は真っ暗になってしまうだろう。

被害にあった人々も、救出作業をしている人達も、まだ夕食を摂っていないはずだ。

見たところ、この街はさほど大きくはない。

恐らく、食事ができる店はあの宿ぐらいだろう。

被害にあった家の人や宿の客達、忙しく働く人々は全てを終えた後、自分達が空腹であることに気づくだろうが、その時に料理を提供してくれる場所はないのだ。

私は捉《つか》まえた女の人の家へ行くと、彼女にお金を渡して、買えるだけ食材を買ってくるように頼んだ。

お金は持っていた。

公爵様に追い出されてから、ロアナ様と合流するために、貯めていたお金を全部持ってきていたから。

店は殆ど閉まっていたし、中には作業に出て誰もいないところもあったので、彼女が揃えてきた食材はわずかなものだった。

塩漬け菜と塩漬けの肉、チーズにわずかな野菜。

唯一の救いは小麦粉だけ。

「どうなさるんですか、お嬢様？」

言われた通り食べ物を買ってきた女性は、不思議そうな顔で私を見た。

「作業している人達のお食事を作るのよ。きっとみんな疲れてお腹《なか》が空《す》くと思うから。あなたの家の竈《かまど》を貸して。それから、手の空いている女性達を集めて。あなた、お名前は？」

「マリと申します」

「そう。ではマリさん。男の人に、倒れた宿屋から食器を持ち出してくるように頼んで」

「はい」

帽子を取り、マントを脱ぎ、ドレスの袖《そで》を捲《ま》くって、私はすぐに調理に取り掛かった。

豪華なものでなくともいい。疲れた身体では、食事をすることもおっくうになるだろうから、簡単に食べられる、温かいものがいいわ。

マリさんが何人かの女性を連れて戻ると、私はすぐに作業に取り掛かった。

「塩漬け肉と野菜を細かく切って茹《ゆ》でて、スープを取って。器に塩漬け菜を切って入れておいて、スープができたらそれに注ぐのよ」

「味付けはどういたしますか？」

「塩漬け菜とお肉のダシで味がつくから大丈夫。取りにきた時にスープを器に注ぐのよ。ああ、お肉は茹でる前に軽く炒めて。その方が味が良くなるし、煮崩れしないから」

まずは身体を温めるもの。

「チーズを細かく切って頂戴。粉をこねるから場所を空けて」

「でもお嬢様、パンを焼くなら発酵させないと」

「発酵させないで焼くのよ。粉を練って、薄く伸ばして、その上にチーズを散らすの。それを丸めて棒状にしてから渦巻きのように丸くまとめてそのまま焼くの。パンのようにふかふかにはならないけれど、香ばしくて腹持ちがするものよ。作ってみせるから、それを真似して」

「はい」

「……私は、公爵様の料理人なの。安心して」

貴族の娘が何をするのかと訝《いぶか》しがっていた女性も、私が『料理人だ』と名乗ると安堵し、納得した顔をした。

「あの方は公爵様なのですか?」

「ええ、そう。グリトフの偉い方よ」

「まあ、公爵様が助けてくださってるのかい?　何て素晴らしい方だろう」

「そうよ。だから労うためにもお食事を作らなくては。誰か、ここで食事を作っているから、手が空いた人から食べにくるようにと伝えてきて」

「そんなら私が行ってきます」

「私、お茶を淹《い》れます。喉も渇くだろうから」

「ええ、お願い」

私にできること。

それはお料理を作ること。

瓦礫《がれき》を持ち上げたり、怪我人を助けたりはできなくても、食べることはどんな時だって必要だもの。少しはお役に立つはずよ。

簡単なものしかできなくても、とにかくお腹に何か入れなければ、男の人達も動けなくなってしまうわ。

粉を水でよく練ってめん棒で薄く伸ばす。

細かく切ったチーズをその上へ散らす。買ってきた野菜にリーキがあったので、それも細かく切って散らして、端からくるくるとまとめて棒状にする。

それをグルグルに丸くまとめると、平べったい円盤のようなものができる。

スープのために肉を炒めたフライパンで、少しだけ水を入れてそれを焼き上げると、できあがり。

食べ易い大きさにカットすれば、手で摑《つか》んで簡単に食べられるわ。

スープも、具材を細かく切っておけば火の通りは早く、塩漬けの菜と肉は味が付いているので必要がない。最後に軽く味を調えるだけですぐに飲める。

本当は牛乳を入れて、もっとお腹にたまるものにしたかったけれど、牛乳は手に入らなかった。

けれど、簡単なものにしたお陰で、知らせを聞いて最初の人達がやってきた時には、もう両方ともできあがっていた。

ここで炊き出しを始めたと聞いて、手伝いに来る者や、自分で作った料理を持ってくる人も現れた。

もう自分がすることはないと、その家を出ようとした時、公爵様がやってきた。

汚れたシャツ、乱れた髪。

今までずっと働いてきたという姿だ。

「……ここで何をしている」

彼は苦虫を噛《か》み潰《つぶ》したような顔をした。

「お嬢様がお料理を作ってくださったんです。さあ、公爵様もお休みになられて、お召し上がりになってください」

事情を知らない女性は、公爵様への感謝を口にしながら、食事を差し出した。

「お前が料理を？」

睨まれて身が竦《すく》む。

だが手伝いの女性が丁度焼き上がったチーズ巻きを差し出すと、噛みつくようにそれを口に運んだ。

一口かじり、また私を見る。

「お前が作ったのか」

「……簡単ですけれど、皆さんお腹が空いているかと思って」

「スープもどうぞ。お金も、お嬢様が出してくださって。いえ、公爵様のお金でございましょうが。本当に助かりました」

スープの器を受け取る前に、手にしていたチーズ巻きを全部口に押し込み、スープで流し込む。

だが視線は私に向けられたままだ。

「金を持っていたのか？」

「……少し」

「それを出したのか」

「無料で食材を調達しろとは言えませんもの」

声は低く、怒っているようだった。

でも人前で怒るようなことはしなかった。

「あの……、公爵様。や、宿の者達は……」

マリさんがおずおずと尋ねたので、公爵様の視線はいったん私から外れた。

「怪我人は一ヵ所に集めてある。宿の向かいのギナンという男の家だ。重傷者は診療所に運んだ。近くの役所に事故の届けをするように使者を出したから、明日にはちゃんとした助けが来るだろう」

その言葉を聞いて、集まった女性達は安堵のため息をついた。

何人かは、そのまま飛び出して行った。恐らく、宿の近くに家がある者だろう。

「何とお礼を言っていいか……」

「構わん。それより、もう彼女を連れて行っていいか？」

「はい。もちろんでございます。お嬢様、ありがとうございます。もう後は私達でやりますわ」

正直言うと、ここに残りたかった。

公爵様と二人きりになるのは怖い。

彼が、ではなく、これから起こることが。

「来い」

けれどそう命令されては、拒むわけにはいかなかった。

公爵様は無言のまま先に立って歩き、私は脱いでいた帽子とマントを持って彼を追いかけた。

彼が向かったのは、私達の馬車だった。

荷物を積んだ馬車を無人にすることはできず、召し使い達は公爵様と一緒に手伝いに行ったが、御者は皆残っていた。

「マルク、あそこの家で食事を提供している。交替で食べに行ってこい。私は暫くこの馬車にいる」

私が乗っていた馬車の御者に命じ、私と共に馬車に乗り込んだ。

「公爵、ランプを」

私が乗り込む前に、御者がランプを渡す。

真っ暗な馬車の中は、柔らかな炎の光に照らされた。

濃い赤のベルベットが張られた、対面式の六人掛けの座席。金の、百合を模したデザインが描かれた黒と茶の内張り。

そこに座る公爵様は、裁判官のように厳しい顔をしていた。

「どうした。座れ、中腰でいるのは疲れるだろう」

「私は使用人ですので、公爵様の前で座ることは……」

「私が許す。話しづらいから座れ」

きつい口調で言われ、慌てて彼の前に座る。

壁にかけられたランプの、ゆらゆらと揺れる炎が、彼の表情を読みにくくする。

でも、怒っているのだけはわかった。もしそうでなかったとしても、不機嫌であることは間違いない。

「お前は何者だ」

「私は、ロアナ様のコンパニオンとして同行させていただいたアイリス・コーディと申します」

「ロアナ嬢の、ということはミンスマイン侯爵家の者か」

「はい。あちらに勤めておりました」

「ロアナ嬢はどうした。誘拐したのか？」

「いいえ。そのようなことはいたしません」

そこだけは、強く否定した。

「昼食の後、馬車に乗って行ったのがロアナ嬢か」

「……はい」

「では、彼女は自分の意思で、姿を消したということか？」

「…………はい」

ドサリと音を立て、公爵様は座席に身を沈めた。

「話せ。これはいったいどういうことだ。私はミンスマイン侯爵に偽者を掴まされたのか？」

「いいえ！　侯爵様は何もご存じありません」

私は深呼吸をしてから、真実を口にした。

最初から、そうするつもりだったので。

「実は、ロアナお嬢様には恋人がいらしたのです。それは侯爵様の知らぬことでした。ですから、侯爵様は、お嬢様のために、公爵様との婚約を取り決めたのです。決して公爵様を騙《だま》したわけではございません」

公爵様は、腕を組んだまま、黙って私の話を聞いていた。

ロアナ様は家庭教師であったシディング男爵との結婚を夢見ていた。

なのに、父親であるミンスマイン侯爵様が婚約を取り決めてしまったので、酷く悩んでいた。

けれど、ロアナ様はどうしても恋があきらめきれず、心の通わぬ結婚は公爵様も不幸にしてしまうと考えた。

悩んだ結果、自分が姿を消すことを選んだ。

家族からの祝福も、支援も断って、男爵と共に生きる決心をしたのだ。

計画は、私が考えた。

入れ替わって、ロアナ様の不在に気づかれるまでの時間を稼げば、ロアナ様は王都で証人を立て、結婚誓約書にサインができる。

そうなれば、侯爵様にもお二人を引き離すことはできなくなる。

そう考えて。

公爵様を騙し続けることは考えていなかった。

あちらに到着する前に正体を明かし、公爵様は花嫁を迎えに行ったのではなく、仕事の契約で行っただけだということにすれば、公爵様の名誉も傷つかないだろう。

「私のことは、ここで放逐されてもかまいません」

「ロアナ嬢と合流するのか」

「……私は、もう両親もおりませんし、侯爵邸にも戻れません。他に行くところがありませんから……」

「現金を持っていたのは路銀にするためか」

「はい……」

そのまま、公爵様は目を閉じ、黙ってしまった。

沈黙が重たい。

けれど私からはもう何も言うことはなかった。

ロアナ様や侯爵様をお許しくださいと、お願いするだけだけれど、公爵様が何かを考えている今は、その時ではない。

私はひたすら、沈黙の重圧に耐え続けた。

暫くして、公爵様は目を開けた。

「今夜は馬車泊となる。貴族の娘には辛いだろうと思ったがお前ならかまわないだろう」

「あの……、私を追い出さないのですか?」

問いかけに、公爵様は冷たい笑みを浮かべた。

「今の話では、自ら望んで偽者の役を買って出たのだろう? このままお前には私の婚約者をやってもらう」

「……え?」

「名前は何といった?」

「アイリスです」

たった今、名乗ったのに。

「では、今からお前は、アイリス・ミンスマインだ」

それだけ言うと、彼は席を立とうとした。

「お待ちください。私には無理です!」

「どうせ異国の者だ。名前も顔も知っている者はいないだろう。婚約中だからと公式な席にださなければ問題はない。もし拒むなら、私は今すぐミンスマイン侯爵家にとって返して、商売の契約を破棄した上、公爵である私を謀《たばか》ったとして外交問題にさせてもらう」

「が……、外交問題?」

「そこまで考えなかったのか? 所詮《しょせん》は小娘の浅知恵だな」

「でも、公爵様はロアナ様を愛してらしたわけではないのでしょう？」

「貴族の結婚に愛など関係ない。それに、私には婚約者を連れて帰らねばならない理由がある。見ればお前は容姿も悪くない。貴族の娘に見えないこともないだろう」

「私、公爵様と結婚するのですか？」

彼は蔑《さげす》むような目で私を見た。

「夢を見るな」

別に私がそれを望んでいるわけではなく、驚いたから訊いただけなのに。

「婚約者が必要なだけだ。必要な役目が終わったら、望み通り放逐してやる」

「でも……」

彼はもう止まってはくれず、そのまま馬車を出て行ってしまった。

私が……、ロアナ様の身代わり？

無理よ。無理に決まっているわ。

帽子とマントをつけて、馬車の中でじっとしているだけならまだしも、顔を出して人前に出てロアナ様を演じるなんて。

でも、それを断れば外交問題になってしまう。

そうなれば、たとえ結婚誓約書を出していても、男爵様とロアナ様は引き裂かれてしまうかもしれない。それどころか二人は罪人として裁かれることになるかも。

だめ。

そんなことは絶対にダメよ。

恩人であるロアナ様を幸せにしたくて、こんなことを企んだのに。

「……どうしよう」

『所詮は小娘の浅知恵だな』

公爵様の言葉が、頭の中に響いた。

「でもそれしか方法がないと思ったのよ……」

思わず、涙が零れる。

けれど、公爵様の言葉を打ち消すことはできなかった。

私は失敗したのだ……。


翌朝まで、私は殆ど眠ることができなかった。

馬車の中で、これからどうなるのか、どうしたらいいのかと考えている間に、朝が来てしまったという感じだった。

ランプの明かりはとうに消え、窓から陽光が差し込んでいる。

ノックの音が響き、答える前に扉が開き、公爵様が顔を覗かせた。

「街の者が食事を差し入れてくれた。食べろ」

とパンを渡される。

「酷い顔だな」

「申し訳ございません。眠れなかったものですから……」

「それほど悪党ではなかったということか」

「悪党……？」

私のこと？

「まあいい。今日中に国境を越えるが、この国にいる間は帽子を被れ。昼食は馬車に届けさせる。慣れない長旅で疲れて動けないということにする。侯爵令嬢ならばゆっくり馬車を走らせねばならないが、乗っているのがお前ならばいいだろう。馬車を飛ばす。すぐに出るからしっかり摑まっていろ」

言いたいことだけを言って、公爵様は扉を閉じた。

高潔な方かもしれないけれど、礼儀はあまりないのだわ。

ひょっとして女性が嫌いなのかしら？

それとも、それほど私のことを怒っているのかしら。

カゴに入ったパンを受け取ると、馬車が動き出した。

慌てて椅子に座り直す。

急いでいるのは知っていた。何か約束があるらしいことも。

私がただの使用人とわかって、遠慮をしなくなったのね。

いいわ。結婚するつもりはないと言っていたし、公爵様の気が済むまでお付き合いしましょう。

硬いパンにかじりつきながら覚悟を決めた。

ロアナ様達も、暫くは邪魔者のいない新婚生活が楽しめるでしょう。

どこかで落ち着いたら、そちらに向かうのは暫くかかると手紙を書けばいいわ。

とにかく、公爵様に機嫌を直していただいて、ロアナ様達に迷惑がかからないようにする。それが私の仕事と割り切ろう。

パンだけの簡単な朝食を終えると、私は帽子を被って、窓からの景色に目をやった。

どこまで行くのかわからないけれど、やるべきことさえはっきりしていれば問題ない。

ロアナ様のために、完全な偽者として頑張ろう。

……できるかどうかわからないけれど。

馬車は進む。

荒れた道も、整った道も関係なく。

御者は心配して、何度か「大丈夫ですか？」と訊いてきたけれど、公爵様は顔も見せなかった。

昼食のために馬車が止まるまで、ずっと世界は揺れ続けていた。

馬車が止まっても、私は降りることが許されず、再び公爵様が食事を運んでくる。

空になった朝のパンが入っていたカゴを見て「貴族の娘なら食べられないものだが、食べたか」と呟いた。

……厭味《いやみ》かしら。

「馬車は三十分で出す。その間に食べきれなかったら、走りながら食べろ」

「でもシチューが……」

と言ってる間に扉は閉じた。

私の言うことなど聞く気がないのね。

いいわ。三十分で食べましょう。どうせ誰も見ていないのだからと、慌てて掻《か》き込む。

取り敢えずツボに入ったシチューだけは食べてしまわないと。さっきみたいな揺れの中では、零してしまうかもしれないもの。

公爵様は、私をいじめて楽しんでいるのかしら？

恥をかかされた意趣返しとばかりに。

そうでないなら、召し使いはどう扱ってもいいと思っているのかも。

昨夜の彼は英雄だった。

我が身を顧みず動く姿は、お父様を思い出させた。

小さい頃、お仕事の船に乗せてもらったことがあった。近くの港までの安全な航海だったけれど、私には驚きの連続だった。

船に乗ったら、身分は関係ない。皆が無事に航海を終えるように動くだけだと言って、自分も船員達と帆を張ったり、マストに上ったりしていた。

上から命令するだけでなく、皆と共に働く姿は逞《たくま》しく頼りになる男の人の姿として私の目に焼き付いた。

お父様が、好きだった。

いつか私も結婚するなら、こんなふうに働くことを厭わない人がいいと思った。

昨夜の公爵様には、その片鱗《へんりん》が見えた。

……彼と結婚したいと思ったわけではないけれど。

尊敬にあたいする人では、とは思った。

でも今日は違う。

お父様は逞しいだけでなく、お母様や屋敷の女性達にも優しかったし、召し使いも家族のように扱っていたもの。

生粋の貴族と、名前だけの貴族だった商人とは違うのかもしれないけれど、やはり彼はお父様とは違う。

本当の公爵様はどちらなのかしら？

それがわかるほど、長くは近くにいないだろうから、考えてもむだね。

昨日よりは柔らかいパンをかじりながら、私はため息をついた。

公爵様を知るほどには長くはないかもしれないけれど、冷たい仕打ちに耐えるには長いと思う時間かもしれないわ、と考えて。


馬車は、夕方前に国境を越えた。

窓の外の風景にさほどの変化はなかったが、暫くして見えてきた家の形がボールデー国とは違っていた。

一番の違いは屋根の色だ。

グリトフの家の屋根は、どんな小さな家でも、何かしらの色があった。

まるで人形の家のようで、とても可愛らしいわ。

街を通り過ぎた時には、大きな石造りの建物の壁面に絵を描いているところもあった。

この国は、家を飾るのね。

そういえば、密談のついでとばかりに、シディング男爵の授業を受けた時、グリトフのことも少し教えていただいた。

冬は、我が国より雪が降る回数が多いので、家の中で過ごすことが多いのだと。なので家の中を美しく飾る習慣があるらしい。

家の外観を飾るのも、同じ理由かもしれない。

だって、白い雪の中に明るい色の屋根が点在しているのを想像すると、とても素敵だもの。

やがて日が暮れ、そんな景色も見えなくなった頃、馬車は速度を落とした。

窓の外を見ると、どうやら近くに見える大きな館《やかた》に向かっているようだ。

あれが公爵様のお屋敷かしら？

でも、ミンスマイン侯爵邸に比べると、随分小さい気がする。

けれど馬車はどんどんそのお屋敷に近づき、敷地に入った。

本宅ではなく、休憩用の館かしら？

悩んでいると、また扉がノックされ、返事をする前に開いた。

……もう慣れたわ。

公爵様は降りろとは言わず、自分が乗り込んできた。

「いいか。お前の出来得る限りの力を使って、今から侯爵令嬢になりきれ。お前が使用人であることは、私以外の誰にも言うな。お前は、『少し変わった侯爵令嬢』だ。わかったか？」

「……わかりました」

「では降りろ」

馬車の扉一枚を隔てると、彼は態度をがらりと変えた。

ステップを下りる私に手を貸し、館の扉へ続く道を歩く時には腕を取れとばかりにひじを差し出す。

観客のいるところでは、私を侯爵令嬢として扱う、ということだろう。

館の玄関は、既に開いていた。

明かりの漏れる入り口の前には、老夫婦と、一緒に旅をしていた公爵様の召し使いが立っていた。

「突然で悪かったな、ソール」

公爵様が声をかけると、白い髭《ひげ》の男性が目を細めた。

「いやいや。アルバート様なら、いつでも大歓迎です」

アルバート。

公爵様のファーストネームはアルバートというのね。

「こちらは、ボールデーのミンスマイン侯爵令嬢、アイリス殿だ。私の婚約者になる」

「おお、アルバート様の婚約者」

男性の目が私に向けられたので、私はドレスのスカートを摘まんで正式な挨拶をした。

「初めてお目にかかります。アイリスです」

ベール付きの帽子を被ったままだったけれど、隣でアルバート様が意外そうな顔をしたのには気づいた。

「ささ、中へどうぞ」

「いや。私はすぐに行かなくてはならない」

ソール氏の招きを、彼は断った。

「では婚約者様をわざわざ私達に紹介しにいらしたのですか？」

「いや。私はこれからソートンの街まで行く。コレル医師が船に乗る前に、お祖母様をもう一度診《み》ていただこうと思っているのだ」

「コレル先生は外国へ行かれるのですか？」

「そうらしい。どうしても診てほしいと頼んだのだが、予定がいっぱいで時間が取れなかった。だが家まで来て、港に送ってくれると約束するなら診てくれると言うのだ」

ああ、この方が急いでいたのは、それだったの。

お祖母様を診てくださるお医者様の都合に合わせていたのね。

そういえば、この結婚を急いだのも、病床のお祖母様に早く花嫁を見せて安心させたい、ということだったわ。

「ここまでも強行軍だったが、ここからは更に大変になる。なので、アイリスを預かってほしいのだ」

「ようございますとも。そういう理由でしたら、喜んで」

アルバート様は、私を見た。

「彼等は引退した我が家の侍従と乳母だったソール夫妻だ。三日後に迎えに来る。それまで『グリトフの』礼儀をソール夫人に教えてもらうといい」

グリトフの、ではなく、貴族の、と言いたいのはわかった。

「ソール夫人。彼女は少し変わった令嬢でな。貴族らしからぬ言動も気に入ってはいるが、お祖母様に会わせる前に、礼儀を教えてやってくれ」

なるほど。私をここへ連れてきたのは、私に芝居をさせるための教育を受けさせるためなのね。

「アイリス。死に物狂いで覚えろ。お祖母様をがっかりさせないように」

彼の真実の一部が見えた。

この方は『お祖母様を大切に想《おも》っている』方だ。

「そんなにご心配なさらずとも、礼儀は心得ていますわ。けれど、アルバート様のお心遣いはありがたく受け取りましょう。私のことは気にせず、すぐにお医者様のところへ向かってください」

私の返事に、彼は一瞬戸惑った。

もっと私がおどおどすると思っていたのだろう。

「……ではお前の厚意に甘えよう」

彼はソール夫妻と抱擁を交わすと、そのまま馬に戻って行った。

「行くぞ！」

暗闇に彼の声が響き、すぐに馬車も動き出す。

「さあさあ、お嬢様、中へお入りください。お疲れになりましたでしょう」

「いいえ。でもできればお茶をいただけます？　少し喉が渇いてしまって」

「もちろんですとも」

彼は私を使用人、と言っていた。

ちゃんとコンパニオンです、と言ったのに。

これでも裕福な商人の娘としても、男爵令嬢としても、相応の教育は受けてきた。ミンスマイン侯爵家では、貴族の令嬢としての見本であるロアナ様をずっと見ていた。

でも彼はそれを知らない。

知ろうともしなかった。

何もできないと思っているであろうアルバート様を驚かすことができれば、ちょっと気分がいいのではないかしら？

外交問題と脅されたこともあるけれど、自分が立派に偽者を務め上げれば、彼がロアナ様達に対して、好意的になってくれるかもしれないという下心もあった。

それに、お祖母様をがっかりさせたくはない、という彼の気持ちもわかる。

私という偽者をここまで連れてきたのも、そのためだろう。

お祖母様は、かなり良くないのかもしれない。だからお医者様のことであんなに慌てていたのだ。

だとしたら、今更他の令嬢を探してくる時間もないのかも。

「どうぞ、私に足らないところがあったら、何でもおっしゃってくださいね。アルバート様が『死に物狂い』で学ぶように言われましたもの」

私は帽子を取り、微笑んだ。

彼が言ったのは冗談よ、と言うように。

ミンスマイン侯爵の娘と紹介されてしまった以上、その名に傷をつけることはできない。偽者でも、きちんとしなくては。

「あの方はいつもあんな言い方をなさるのかしら?」

「いえいえ。いつもはお優しい方ですよ。きっとお医者様を迎えに行くので、気が立っていらしたのでしょう」

「まあ、そうなの。ではぜひ私に『ふだんのアルバート様』のことを教えてくださいな。

彼のお祖母様のことも」

「ええ。いくらでも」

人のよさそうな夫妻と共に館の中に入ると、私は一つだけ失敗したと思った。

着替えはあの馬車の荷物の中だったのだ。

そして私はもう二日も着替えもしていないし、お風呂にも入っていなかった……。


ソール夫妻から、私は色々教えてもらった。

まずアルバート様のこと。

アルバート様は、コールス公爵家の一人息子だった。

ご両親が生きてらした頃は自由な生活を楽しみ、軍に籍を置いたりもしていた。

御者の人が言っていたように、たくさんの軍功を立てたようだ。

グリトフの南には山岳地帯があり、そこには国の体《てい》をなしていない人々が住み、狭い領地を取り合って、いつも戦争してばかりいた。

その人々がある時グリトフに攻め込んできた。

多分、目的が果たせなかったので、他所をあたってみようという気になったのだろう。

とても迷惑な話だけれど。

アルバート様はそれを退けたのだ。

また、雪の多いこの土地では春先に雪解け水による洪水が多く、領地で起こった洪水の際に流された子供や老人を救ったというのも本当の話だった。

けれど、数年前ご両親が事故で亡くなられると、彼の自由は終わり、軍を辞めて公爵位を継がれた。

突然領主となった彼は、忙しく働き、洪水の起きた川を整備し、広大な領地を統治し、近年ようやく落ち着かれたそうだ。

それから彼のお祖母様のこと。

お祖母様は、彼の唯一の肉親で、ご子息夫妻である彼のご両親が亡くなられたショックですっかり身体を弱くしてしまったらしい。

重い病気というわけではないそうだが、食が細くなり、寝込んでいる。

お医者様にも何度か見ていただいたそうだが、これといった病名を付けてくれなかったらしい。

なので彼はずっと、お祖母様が健康でいるために尽力している。

「お心の優しい方なのです。引退した私達に、この館の管理をさせるとおっしゃって、住まわせてくださったのです。お陰で穏やかな生活を送れていますわ」

ソール夫人はそう言って彼を褒めたたえ続けた。

……私は同意しかねたけれど。

でも、ソール夫妻がとても良い方達だったので、少なくとも彼等にとっては良い方なのだろうと思うことにした。

それから、もう一つ彼等に教えられたことがある。

それは、グリトフのお料理があまり美味しくない、ということだ。

特にデザート。

グリトフは雪の多い国だが、食材は豊富だった。

肉も魚も野菜も果物も、とても美味しい。でもそのせいで凝った調理をしないようだった。

ソール夫人が夕食に提供してくれたのは、焼いたお魚と焼いたお野菜。なんとデザートも焼いた果物だった。

料理の味付けは塩だけ、果物は何の味付けもない。

食材がいいから、不味《まず》いとは言わないけれど、美味しいとも言えない。

そして雪のせいで外に出ないから、煮込み料理が多いのだといって出されたシチューは、煮込み過ぎて具が溶けていた。

もちろん、お世話になっている身としては、黙っていただいたけれど。

もし私が『私』として滞在していたなら、もっと凝ったお料理を作ってあげるのに。いくら『変わった』令嬢とはいえ、侯爵令嬢が厨房へ入るのは変わり者過ぎるわよね。

結婚するつもりもなく、お祖母様を安心させるためだけなら、他の人に婚約者と紹介しなければよいのに。

でも、ソール夫妻と過ごす時間は穏やかで楽しいものだった。

三日なんて、あっという間に過ぎてしまうほどに。

三日目のお昼。

約束通り、アルバート様は姿を見せた。

馬車の同道はなく、一人で。

私は居間で本を読んでいた。

着替えはなかったので、着ていたのはソール夫人のお古のモスグリーンのドレス。化粧道具も持っていかれていたから化粧もしていなかった。

そのことについては、到着早々ソール夫人が怒ってくれた。

「いくら急《せ》いてらしても、女性の身の回りの品を持ち去ってしまうなんて、いけませんわ。アイリス様がお優しい方だからよろしいですが、普通のお嬢様でしたら、婚約解消されても仕方のないことですよ」

意外なことに、アルバート様はすぐに謝罪した。

「すまなかった。それは考えが至らなかった」

私が何者かを知っているのに、頭を下げるなんて。

いいところもあるのだわ。

「彼女の教育は済んだのか?」

「教育なんて、必要ございませんでしたわ。アルバート様が脅かすからどんなお嬢さんかと思いましたが、お勉強も、礼儀も、ダンスもちゃんとなさって。グリトフの歴史までご存じでしたよ」

ソール夫人の言葉に、彼は私から目を離さず、じっと見つめた。

「そうか。ソール、今夜はここへ泊まるから部屋を用意してくれ。それと、アイリス嬢と二人きりで話をしたいから、二階の部屋を使う。暫く近づかないように」

「かしこまりました」

話をするのだわ。

やっと、私と話をする気になってくれたのだわ。

彼は私に、ついてくるよう目で促した。

私はそれに従った。

さあ、覚悟して、私は彼を説得しなければ。

ロアナ様達のために……。

二階に上がると、彼は手近な部屋の扉を開けた。

扉を開けたまま動かないところを見ると、先に入れというのだろう。

「失礼いたします」

と一声かけてから中に入る。

部屋は、こぢんまりとした居室だった。

窓際に小さなテーブルと椅子が二脚、中央に大きなテーブルと長椅子、テーブルを挟んでハイバックの椅子が二脚置かれている。

寝台はなかった。

何のために使われるのかはわからないが、落ち着いた雰囲気の部屋だ。

私は長椅子の方へ向かい、その隣に立った。

入ってきた彼はハイバックの椅子の方へ座り、私を見た。

「座らないのか？」

「主《あるじ》の許可が必要かと」

「……座ってよい」

許可を得てから、腰を下ろす。

「面倒だ。以後許可を求めず座ることを許す」

「わかりました」

そして沈黙。

お互い気まずい空気のまま、目を見交わす。

「では、一応最初から説明してもらおうか」

落ち着いた様子で乞《こ》われ、私は馬車で話したことをもう一度繰り返した。

ロアナ様には恋人がいたこと。その方との結婚を考えていたけれど、ご両親には話していなかったこと。

だから、お父様であるミンスマイン侯爵は、娘のためを想って公爵様との婚約を決めたのだろう。決して公爵様を騙すつもりはなかった、ということ。

計画を立てたのは、ロアナ様のコンパニオンで、お二人の窮地を知った、『私』。

悪いのは私であって、他の方々は誰一人悪くはない、悪意を持って行動した人はいないのだということを、詳しく説明した。

アルバート様は、質問を挟まず、最後まで黙って聞いていた。

事情を全て話し終えると、私は最後に一言だけ付け加えた。

「私は侍女ではありません。コンパニオンです。コンパニオンというのは、お嬢様の身の回りのお世話もすることはありますが、仕事は主にお話し相手です。また、私は料理もたしなみます」

「料理人か？」

アルバート様の、初めての質問はそれだった。

「いいえ。元はお針子でした。けれどたまたま侯爵家に仕事で訪れた時、料理人が病気になったので、お料理を作ったんです。私はボールデーの北の生まれで、皆様が知らないお料理を作れたので、そのままお料理も任せていただくようになりました。アルバート様がいらした時のお料理にも私が作ったものがありました」

「大変美味しかった」

その一言に、私は喜びで微笑んだ。

「ありがとうございます」

「どれを作った？」

「カボチャのスープと、ローストチキンのパイを」

「どちらも美味しかったな。我が国では、コンパニオンは老齢の女性につくものだ。教養があって、礼儀も心得ている。料理人がなれるものではない。お針子が料理人になるのはわかるが、何故料理人がコンパニオンになれたのだ？」

「長くなりますわ」

「構《かま》わない。今夜はここに泊まるから、時間はたっぷりある」

「私はコーディ男爵家の娘として生まれました」

「男爵？　では貴族なのか？」

「祖父がお金で手に入れたものですから、貴族と名乗れるほどでは……」

「金銭で？　では家は裕福だったのではないのか？　何故お針子などに」

「私の家は貿易を行う商家でした。貴族の方とも商売をさせていただいていたので、爵位があった方がよかろうと、お客様であった公爵様に勧められて祖父が爵位を手に入れました」

退屈な話だと思うのに、アルバート様は、先ほどと同じように、私の話に、真剣に耳を傾けてくれた。

さっきと違うのは、時折質問が挟まれることぐらい。

父が船で亡くなると、商売が止まり、多額の負債を抱えるようになったこと。爵位はその時に売ってしまい、身一つとなった私と母が伯父の家に世話になったこと。

母が病で亡くなり、伯父に世話になるのが辛かったので自分から働きにでた。

そうして選んだのがお針子だったのだが、私はあまりその才能がなかった、と言ったところで、彼は少し笑った。

それは初めて見るアルバート様の笑顔だった。

笑ったことが失礼と思ったのか、すぐに笑みは隠されてしまったが、決して嫌な笑い方ではなかった。

仕事で訪れたミンスマイン侯爵家での出来事はさきほども説明した通り。

「私がお料理を作りましょうか、と申し出た時、それを受け入れてくれたのがロアナ様でした。作ったお料理を気に入ってくださって、私を侯爵家で雇うようにしてくださったのも、ロアナ様です。私の今があるのはロアナ様のお陰なのです」

そう結んで、私は話を終えた。

「これで全部ですわ」

「ソール夫人が、お前は教養もあり、ダンスも踊れると言っていたが、それは男爵家で学んだのか？」

「はい。でもそれだけではありません。ミンスマイン家で、ロアナ様と共に学ぶことも許してくださいました。グリトフのことは、ご婚約のためにロアナ様が学んでいるところに同席させていただき、覚えました」

「ふ……む」

アルバート様はじっと私を見たままだった。

「お前は、料理を作れると言ったな」

「はい」

「父親は船乗りだったと」

「船乗りではなく、商船を持った商人です」

「失礼、では、『船員病』というのは知っているか？」

　話が随分と飛んだわ。

「存じております」

「治療法は聞いているか？」

「治療法というか……。長い航海などで野菜が不足した時に出るものだと聞いています。ですから、そういう船員が出た時には野菜や果物を摂らせるものだと」

「そのための料理が作れるか？」

「それは……、作れますけど……」

「では、お前を料理人として雇おう」

「……え？　どういうことですか？　私は追い出されるのでは？」

　アルバート様は神妙な顔つきになった。

「実は、私の祖母が病でな。高名な医師に診てもらっていたのだが、どうにも要領を得なかった。しかし今回、もしかしたら船員病かもしれないと言われたのだ」

「ひょっとして……、お祖母様は偏食な方なのですか？」

　彼はちょっと考えてから頷いた。

「かもしれない。肉や魚はお好きだが、野菜はお嫌いだ。最近では肉もあまり食べないようだ。歯をお悪くされたとかで。医師は何でも食べるようになればすぐに治ると言っていたが、それはいい加減な診断ではなかったのだな？」

「船員病とおっしゃったのでしたら、お薬よりも適切な食事の方が効果があると思いますわ」

「野菜がいいのなら、お前が作ったカボチャのスープのようなものは有効なのだろう？」

「カボチャよりは葉物野菜の方がよろしいかと思います。もちろん、それでもスープは作れますが……」

「何だ？」

言い澱《よど》んだ私に、彼が怪訝《けげん》そうな目を向ける。

「できないのか？」

「そうではありません。スープは作れます。ただ失礼を承知で申し上げると、この国のお料理はお年を召した方には辛いのだと思います」

「どういうことだ？」

「お肉もお魚も、そのまま焼いただけ。それでは食べにくいと思うんです。もっと細かく切って調理したものの方が食べ易いかと。果物まで焼いていますが、果物はそのまま食べた方がさっぱりしていいと思います」

「調理というと、肉も魚も煮込めというのか？」

「違います。たとえばお肉は薄切りにするとか、細かく切って野菜で包むとか」

「野菜で包む？　どうやって？」

「キャベツの葉で包んで、スープで煮込むんです。何でしたら、今夜、作ってみましょうか？　材料さえあれば……」

そこまで言ってはたと気づいた。

「ああ、私はアルバート様の婚約者でしたわね。貴族の令嬢を厨房へ立ち入らせるわけには参りませんか……。どうして婚約者だとおっしゃったのです？　何もおっしゃらなければよろしかったのに」

「私は婚約者を迎えに行く、と皆に言ってしまったんだぞ？」

「商談だとおっしゃればよかったんですわ。このままではいつか嘘《うそ》がバレてしまいます。その時に困るのはアルバート様でしょう？」

私が言うと、彼は困った顔をした。

でもこれは言っておかなければ。

「私を連れて行っても結婚はできないのですから、婚約者などいないとおっしゃらなければならない日は必ず参ります。その時はどうなさるおつもりでしたの？」

考え込んだまま、彼は返事をしなかった。

「でしたら、今からでも冗談だったとおっしゃった方がよろしいかと。たとえば、お祖母様のためのコンパニオンを連れてきた、とか」

「お祖母様には既にコンパニオンがついている。新しい者など必要はないと言われるだろう」

「そうなったら私を送り返せば……」

「いや、待てよ」

彼はハッとしたように椅子から身を乗り出した。

「料理人だ。料理人ならば、わざわざ連れてきたという理由になる。お前の作る料理はこの国にはないものだ。もしお前が作る料理が美味いものならば、『花嫁のごとく扱う』としても悪くはないだろう」

妙案、という顔だけれど、本当にそれで大丈夫なのかしら？

「まずはソール達で試してみよう」

「試す？」

「私は彼等にお前を『私の婚約者だ』と言った。それを冗談だと言って信じるかどうかを試すのだ。貴族で令嬢というのはあながち嘘ではないとわかったしな。アイリス、お前は男爵令嬢に戻るのだ。この国でその真偽を確かめられる者はいないだろうし、もし真実が知れても、生まれた時に男爵令嬢であったのなら偽りとも言えない。不幸な出来事で爵位を手放したお前を気遣ってのことだと言えばいい」

それはまあ……、そうかもしれないけれど。

私が貴族に戻る。

爵位に執着があったわけではないけれど、意識したことのなかったものを意識しろと言われるのは難しいのじゃないかしら？

でも今のところ、アルバート様のこのアイデアが一番良いような気もする。

「では行くぞ」

「どちらへですか？」

「階下だ。ソール達に今のことを告げねば」

彼は立ち上がり、私に手を差し伸べた。

「さあ、類《たぐ》い稀《まれ》なるアイリス嬢。料理人として才能を発揮してくれ」

先ほど見せたささやかな微笑みではなく、にっこりとした笑顔で。

「彼女は、私がお祖母様のためにミンスマイン侯爵家から譲り受けた料理人だ。料理人とはいえ、アイリスは貴族の令嬢であることに変わりはない。なので私の『契約者』として迎え入れることにしたのだ。腕前は侯爵のお墨付きではあるが、私としてはまだ確認が足りない。そこで、今から夕食を作ってもらおうと思う。ソール夫人には彼女の腕前を見てもらおうと思って、ここに連れてきた。もしお前から見てさほどではない、というようなら、色々考えなければならない。味の方も、私と共に二人も確認してくれ」

『婚約者』を『契約者』と言い換え、アルバート様は二人に説明した。

私も話を合わせて、

「アルバート様が、『婚約者』と言い間違えたので、私もどうしていいのかわからず、はっきり事実を言えなくて申し訳ありませんでした」

と頭を下げた。

本当にこれで通用するのかしら？

不安だったが、心配は無用だった。

使用人にとって、主の言葉はいつもたった一つの真実なのだ。特にこの人のよさそうな老夫婦にとっては。

「まあ、そうでしたの。アルバート様がやっとご結婚かと、喜んでおりましたのに」

あっさりと認めてしまった。

「アイリスは誤解を利用して婚約者然と振る舞ったりしなかったのか？」

「そんなことはいたしませんでしたわ。むしろ、アルバート様のことをお話しする度に困ったお顔をなさっていた理由がわかりましたわ」

「彼女は誠実で、気遣いがあるのだな」

それがお世辞であっても、一度は身代わり花嫁になろうとしていたと疑われていた身としては、少し嬉しかった。

彼は、悪い人ではないのだろう。

疑《うたぐ》り深いわけでもないようだ。

私が自分のことを話した後も、『不幸な出来事』で爵位を手放したという言い方をしてくれたのを思い出した。

貧乏になって金に換えたという言い方ではなく、不幸と言ってくれたのだ。

彼の厳しい態度も疑いも、考えてみれば相手からもちかけられた縁談で花嫁に逃げられた人としては当然の反応だったのかも。

お祖母様のお医者様、という理由もあったのだし。

すぐに取って返し、ミンスマイン侯爵家に文句を言うという選択肢をとらなかったのも、感謝すべきことだもの。

他国の公爵様を騙したということを、私はもっと深刻に考えなくてはならないのだわ。

外交問題になると言われたじゃない。

その方法をとらなかったことに対する恩義を返さなくてはならないのだわ。

私はソール夫人と共にキッチンへ行き、早速お料理を始めた。

アルバート様に納得していただくようなものを作らなくては。

「何をお作りになるのですか？」

「ロールキャベツというものです。キャベツの葉に、細かく切ったお肉を包んで煮込みます」

「はぁ。何故お肉を細かく切るんですか？　そのままのお肉を包めばよろしいのに」

「食べ易さです。それと、塊では肉に味が染み込まないでしょう？」

まずお湯を沸かし、キャベツの葉を茹でる。

この時、芯《しん》の部分を薄く削《そ》いだ。

「何故削ぐんです？　そのままでもよろしいでしょう？」

「芯は硬いので薄くしておくんです。硬いところだけ取ってしまってもいいんですが、もったいないので」

削いだ部分も一緒におナベに入れると、また質問。

「捨てないんですか？　硬いので、食べないんでしょう？」

「これももったいないので、後で細かく切ってタネに入れます」

貧乏な時代に覚えた料理だから、つい『もったいない』という言葉が出てしまうが、貴族の家で長く暮らしていたソール夫人には伝わりにくいらしい。

「この間にスープを作ります。こちらではブーケガルニは作ります？」

「もちろんです。スープは私が作りましょう。アルバート様のお好みは存じてますし」

「はい。ではお願いします」

スープをお任せしている間にお肉を細かく切り始める。切ったものを更に包丁で叩《たた》くようにしてひき肉にする。

ミンスマイン侯爵家では肉を挽《ひ》く機械があったのだが、この家にはないので。

もしかしたら、グリトフにはないのかもしれない。

細かい肉を使うのは、塊のお肉を買えなかったから、というのもある。何でも材料豊富なこの国で、貴族の家となれば、ひき肉やら薄切り肉など、食卓には上らないのかも。

肉を切ったらタマネギもみじん切りにして、しんなりするまで炒める。ひき肉も半分だけ炒めた。

「どうして全部炒めないんです？」

「最初に教えてもらった時は、生のお肉と生のタマネギを混ぜて作るものだったんですけれど、タマネギは炒めた方が甘みが出るんです。お肉は火を通すと縮んでしまうので、全て生だと後でキャベツに包んだ中身がスカスカになってしまうんです。でも全部炒めると味が染み込まないので、半分だけ炒めることにしたんです」

「へえ……」

キャベツの葉がしんなりしたら取り出して、芯の部分はタマネギ同様細かく切って肉と混ぜる。

芯が入っていない方が食感はいいのかもしれないけれど、やはりもったいないのよね。

「これにパン粉を混ぜて塩コショウをして、よくこねます」

ボールの中で混ぜられたものを見て、ソール夫人は少し嫌そうな顔をした。

確かに、にちゃっとした見た目は、あまりいいものではないかもしれない。

「パン粉を入れるのは何故です？」

「ふっくらさせるためと、味を染み込ませるためです。これをキャベツの葉でくるみます。こうして中央より少し芯の方に置いて、芯からくるっと巻いて一周したら片側を折って、更に巻いてから反対側を折って巻けばできあがりです」

「中身少なくありません？　もっといっぱい入れた方がいいのでは？」

「キャベツの葉の大きさがありますから。中身を入れ過ぎると葉が破れたり、巻いた隙間から中身が出たりして、綺麗に仕上がらないんです。大きく作りたい時には、葉を何枚か合わせて使ったりもしますけど、今日は食べ易い大きさの方がいいでしょう。巻いてみますか？」

「やってみますわ」

「葉を巻いた最後を折った葉の隙間に押し込むのも忘れないようにしてください。でないと、葉が広がってしまうので」

「こう、ですね。確かにこれはロールしたキャベツだね」

夫人は面白い、というように笑った。

できあがったロールキャベツをナベにびっしりと並べ、その上からスープを注ぐ。

味見させてもらったスープは美味しかったけれど、少し塩を足させてもらった。

「これはスープでありソースなので、濃いめの方がいいんです」

「それじゃ、もっとお塩を入れた方がいいのでは?」

「いえ、煮詰めるので、自然と濃くなりますから。これを煮込んでいる間に、サラダも作ります」

「今度は何ですか?」

興味津々という顔だ。

晩餐を作るわけではないので、豪華なものでなくてもいいだろう。

ロールキャベツが優しい味だから、少し締まった味のものがいいわね。

私はナスの皮を剝《む》いて一口大に切ると、小麦粉と塩とコショウを混ぜた衣をつけて揚げたものを作った。

その横で、やっぱりボリュームが足りないからと、夫人が肉を焼いた。

「殿方はお肉が好きですから」

この国の食習慣というものもあるだろうから従うことにした。

そしてパン。

グリトフのパンは小麦の味が引き立っているけれど、外側が硬い。

これもまた、良質な小麦が穫《と》れるせいかもしれない。

今夜はこれでいいけれど、お祖母様が召し上がるように、何か方法を考えないと。

調理を終え、料理をテーブルに並べる。

夫人が男性陣を呼ぶ。

驚いたことに、アルバート様は私やソール夫妻も、同じテーブルにつくように言った。

「一緒に食べねば、感想も聞けないだろう」

「でも使用人が主と同じテーブルにつくなんて……」

戸惑う私に、彼は悪戯《いたずら》っぽく言った。

「誰も見ていなければ関係ないさ」

この方は、権威主義ではないのだわ。

貴族の中には、使用人に酷い対応をする方もいる。そうでなくても、一定の線引きはされるもの。

私は貴族にも商人にも使用人にもなったので、その線引きに疑問を抱かないではなかったが、口には出せなかった。

だからロアナ様が私に優しく接してくれた時、感動したのだ。

アルバート様は、ロアナ様と同じだわ。

私やソール夫妻を『人』として見ているのだわ。

何だか嬉しくて、胸の奥が熱くなった。

けれど、料理を見たアルバート様の反応は微妙だった。

「少し見た目が寂しいな」

「正餐《せいさん》に供する時にはもっと飾りをつけたものを入れたりもできます。でも今日のは食べ易いものとして作りましたので」

「この緑色のものは何だ？」

「ナスです。皮を剝きました」

「ナス？　この国では、ナスを単品で出すことはない。大抵は他のものと一緒に炒めて出てくるものだ。味もないし」

「そうですね」

「わかっているなら……。いや、わかっていて出すのなら、まず食べてみよう。お前達も食べなさい」

促されてソール夫妻もまずナスに手を伸ばした。

「ん、これは。コショウの味がよく効いている。味がないから、よりコショウを味わうのに向いているな。私が食べるナスはいつもくたっとして食べたんだか食べてないんだかよくわからないが、どうしてこれはこんなに水々しいんだ？」

「粉をつけて揚げたので、ナスの水分が閉じ込められているんです。季節が外れて皮が硬くなったものも、こうすると美味しく食べられます」

「これはいい。酒に合いそうだ」

よかった。

元々は、お針子をしていた時、旬《しゅん》を過ぎて皮の硬くなったナスを安く買って、何とか美味しく食べられないかと考えたもの。

コショウも、お針子には高価な調味料だから、上からかけるのではもったいないので粉に混ぜたのだ。

「こちらのロールキャベツ？　も美味しいな」

「スープは奥様の味付けです」

「肉が細かくなってるので、食べ易いですな。キャベツも旬ではないので硬いかと思いましたが、よく煮込まれている」

ソール氏も老齢の方なので、柔らかい食感を喜んでくれた。

「作り方は簡単ですから、奥様もすぐに作れると思いますよ」

「ほう。覚えたのか？」

「はい」

「じゃ、また作ってもらおうかな」

けれどやはりアルバート様はお肉にも手を出した。

「お前の料理も、これはこれでとても美味しいが、私には物足りないな。もっとボリュームのあるものは作れないのか？」

ソール夫人の考えが正しかったというわけね。

「作れますが、今回はお祖母様のためのもの、ということでしたので」

「うむ……。お祖母様はお気に召されるかもしれないな」

「私は料理人として合格でしょうか？」

ドキドキしながら尋ねると、アルバート様は大きく頷いた。

「いいだろう。お前をお祖母様のところへ連れて行こう」

「では私は恩返しができるのですね」

「恩返し？」

「あ、いえ。……色々と不問に処していただいていた、ご恩をお返ししたいと思っておりましたので」

「恩か。それほどのことではないが、そう思いたいならそれもいいだろう。では、明日早速お祖母様のところへ向かうとしよう」

「はい」

「では、ゆっくりと料理をいただこう」

「あの。お肉はソール夫人が焼いたのです。殿方には物足りないだろうとおっしゃって」

「そうか。ありがとう」

彼は微笑み、食事を続けた。

その顔に怒りや不満は見えない。

大きな口で料理を平らげてゆく姿は、本当に食事を楽しんでいるように見えた。

それを見て、私も食事を始めた。

まずは一安心といったところだけれど、浮かれてはいけないわ。

私が本当に役に立つかどうかは、アルバート様のお祖母様に私の料理が気に入られるかどうかで決まるのだもの。

恩を返すことができて、初めてロアナ様のことを許してもらえるのだろう。

婚約者と料理人が引き換え、とはいかないかもしれないが、『お祖母様が気に入るほどの料理人を連れてきた』ということは、『婚約者を連れてこなかった』という事実を覆い隠してくれるだろう。

私が立派な働きをするかどうかは、ロアナ様のためだけでなく、アルバート様のためにもなるのだ。

私はもう一度アルバート様の横顔を見た。

初めて見た時には、陽を反射して赤く見えた瞳は、落ち着いた黒。

ソール夫妻と語らう表情も柔らかく、彼をとても身近に感じられた。

今だけ、誰も見ていないこの館の中だけだろうけれど……。


翌日の朝食は、私も作らせてもらった。

ソール夫人の献立は、バターで焼いた塩漬けの魚と焼いたお野菜。

私は好評だったカボチャのスープを作った。

他のお料理の味が濃かったので、きっと合うだろう。

「カボチャのスープといえば、スープにカボチャを入れるだけだと思っていましたよ」

蒸したカボチャを裏ごしして、牛乳で伸ばして味をつけたスープを、夫人は珍しそうに見た。

どうやら、『裏ごし』というのも、あまり馴染《なじ》みのない調理法のようだ。

もっとも、ソール夫人は侍女であって料理人ではないから、知らないだけかもしれないけれど。

私が料理をしている時に、アルバート様がやってきた。

「お前は馬に乗れるか？」

と訊かれたので、「はい」と答えた。

「競走させられるほどではありませんが、普通にならば」

「では移動は馬車でなくともいいな？」

「乗馬用のブーツがありましたら。ドレスでも乗ることはできますが、踵《かかと》の高い靴ではアブミで脱げてしまいます」

「乗馬服の揃えか、この館にあったかな」

ソール夫人に尋ねる。

「探してまいりましょう。古いものでよろしければあったはずです。アイリス様、あとお任せしても？」

「はい。もう殆ど終わってますから」

夫人が出て行くと、アルバート様は厨房に入ってきた。

「まあ、いけません、貴族の殿方が厨房に立ち入るなんて」

私がとがめると、彼は昨日と同じ言葉を口にした。

「誰も見ていない。お前が他人に話さなければ知る者はいない」

「……アルバート様は自由な方なのですね。もっとおっかない方だと思ってました」

「元軍人だからな、女性にはよく怖がられる。それはこの間のカボチャのスープか？」

彼は近づいてきて、私の肩越しにナベを覗き込んだ。

耳元に響く声にドキッとする。

こんなに近くで男性の声を聞くなんてないことだから。

しかも、彼の声はよく通る、とてもいい声なのだもの。

「そうです」

「では朝食を楽しみにしよう。食事を終えたら乗馬服に着替えて待つように」

「はい」

それだけ言うと、彼はすぐに厨房を出て行った。

離れてくれてよかったわ。

もう少し側《そば》にいられたら、顔が赤くなってしまっていたかも。

……仕方ないわ。

だってアルバート様はとても美しい殿方だし、性格も最初思っていた冷たい人などではなく、召し使いにも別《わ》け隔《へだ》てのない素敵な方だと知ってしまったのだもの。

公爵様って、もっと横柄で、召し使いなどと会話もしないような人だと思っていた。

ロアナ様のお父様であるミンスマイン侯爵様も優しい方だったけれど、厨房に入ってきたり、私の隣に立って話しかけたりはしなかった。

アルバート様は、どんな方なのかしら？

穏やかな顔を見せるのは、ソール夫妻にだけ？　女性に怖がられると言ったけれど、女性との会話は苦手なのかしら？

公爵なのにあんなに自由で、変に思われたりしないのかしら？

お祖母様を大切にしてらっしゃるけれど、あんなに怖そうな方なのに、お祖母《ばあ》ちゃん子なのかしら？

興味はあるけれど、それを知ることはないわね。

私は朝食の支度に専念し、彼のことを頭から追い出した。

朝食は、ソール夫妻との最後の食事。

カボチャのスープは彼等にも好評で、アルバート様に至っては、おかわりしたくらいだった。

おかわりなんて行儀が悪いと夫人に怒られていたけれど、美味いのだから仕方がないと言い訳をしていた。

この方は、どこか子供っぽいわ。

食事を終えると、着替え。

ちょっと古風な乗馬服に身を包み、髪は後ろで結んだ。

「ここから祖母の屋敷まではそう遠くはない。辛くなったら言え」

「半日くらいでしたら大丈夫です」

「ならば平気だな。向こうでのことは、道々考えよう。二人きりで話した方がいいだろうから」

「はい」

ソール夫妻は、奥様によろしくと言っていたので、彼等はお祖母様の時代の使用人だったのだろう。

年齢的にもそうだろうとは思ったが、お祖母様なら『大奥様』と呼ぶはずだから。

なので、出発前に、お祖母様の好物などは聞いておいた。苦手なものも。

馬に跨《また》がり、夫妻に別れを告げて館を後にする。

ここに到着した時はもう暗くてあまり景色を見ることができなかったが、館は素敵な田園風景の中に建っていた。

道は、館へ続くものだけは整備され、馬車が通るのに十分な広さがあったが、そこから分かれる道は急に細くなったり、砂利が多かったりしていた。

アルバート様は私と馬を並べ、ゆっくりと進んでくれた。

「お前のことは、料理の上手い特別な料理人だと紹介する」

「それは大袈裟《おおげさ》ですわ」

「おくゆかしいいな。あれだけのものを作れるなら、もっと自慢してもいいのに」

「私のは我流です。それに、正直申し上げて、貧しい者のための料理ばかりです」

「そうか？」

「安いものやあまりものを工夫しているだけですから」

「だがカボチャのスープは美味かった」

……よほどあれが気に入ったのね。

「侯爵家で、料理長に貴族の方々のお食事について学ばせていただいたので、高級なものが全然作れないというわけではありませんが、そういうものはちゃんとした料理人の方々が作っていました」

「それでいい。お前は『見たことのない料理』を作ればいいんだ。それが庶民の食べ物であってもな」

　確かに、庶民の食べ物は貴族の方々にとって『見たことのない料理』ね。

「それでしたら、上手い料理人というより、珍しい料理を作る者の方が正しいですわ」

「わかった。ではそれにしよう」

　やはりこの方は他人の意見をちゃんと聞いてくれる方だわ。

　私の言うことに逆らうのか、という横柄さがない。

「お前のことは、正直に話そうと思う。つまり、男爵令嬢で『あった』が今は違う、ということだ。料理の腕前に惚《ほ》れこんで花嫁待遇にするからと侯爵から譲り受けたが、身分が違うので実際結婚することはない、と」

「あの……」

「何だ？」

「私はずっと公爵様のお祖母様のところで働くことになるのでしょうか？」

これは一番大事なこと。

「何故だ？」

「私は正体がバレたら放逐され、ロアナ様のところへ身を寄せるということになっておりました。連絡なく姿を見せなければ心配なさると思うのです」

「では連絡を取ることを許す。お祖母様の屋敷でずっと働くということはないが、そんな厚遇でもらい受けた者をすぐに手放すのはおかしいからな」

「それはいつまででしょう？」

「そうだな……。うちの料理人にレシピを教えてから、だ。もちろん、滞在中の給金は支払おう」

「お給金が出るのですか？」

「当然だろう」

「でも、私は罪滅ぼしのために働くのでは……？」

私の言葉に、アルバート様は振り向いた。

あ、また陽が反射して黒い瞳が深紅に光る。でも今日は怖いとは思わなかった。

侯爵夫人の持っていたルビーのようで、とても綺麗だわ。

「そうだな。確かに、入れ替わりを計画したお前には、私の窮地を救う義務がある。だが雇用はそれとは別だ。アイリスという料理人の料理が気に入ったので、雇うのだ。その腕には報酬を受け取る価値がある」

人の印象というのは、心持ちで変わるのだわ。

冷たい人、怖い人。どんなに地位が高くても、容姿の良い方であっても、嫌な人だと思っていた。

その時からアルバート様は何一つ変わっていない。

でも近づいて、言葉を交わして、いろんなことを知った今は、この方を少しも嫌だとは思わない。

むしろ、少し無骨ではあるけれど、堂々として自由で、人に優しい方なのだと思う。

その顔さえ、怖いと思っていたのに今は、凜々《りり》しいと思えてくる。

「ありがとうございます。アルバート様に恥をかかせぬよう、精一杯頑張ります」

彼が『いい人』だと思うから、この言葉も心から言える。

「アルバート様のお好きな食べ物も教えてください。それも作りますわ」

「好物か……。特にはないな。軍にいた時の食事があまり良くなかったので、戻ってからは何を食べても美味い。それに今のところお前の作るものは皆好きだ。何を作ってくれるか、楽しみになる」

「でもお肉かお魚かぐらい」

「両方好きだな。野菜も好きだ」

「好き嫌いはないのですね」

「特にはない、不味くても食べる」

「それは軍にいたから、ですか？」

「食べなければ働けない。戦いの中で好き嫌いを言うことはできない」

「では、甘いものは？」

「お前は菓子も作るのか」

「はい。ロアナ様はとても気に入ってくださいました」

「ひょっとして、到着した時に皆が食べていた小さな菓子も作ったのか？」

「タルトですね。あれは菓子というほどのものではありませんが、作りました」

「甘いものは私も好きだが、お祖母様は大好物だ。ぜひ作ってくれ」

街へ出るまで、街道には人影が少なく、私達はずっと話し続けていた。

アルバート様は、私にどこで料理を覚えたのかとか、料理をすることが好きなのかとか尋ねた。

両親が生きていた頃も、お料理には興味があった。

船でやってくる外国の人達から、その国のお料理の話を聞くと、食べてみたくて、自分で作ってみたりもした。

もっとも、その頃は子供の遊びのようなもので、食べるのは家族だけだったし、失敗も多かった。

父が亡くなり伯父に引き取られた時、金銭的な余裕がなくなったので真面目に料理を覚えようと思った。

伯父の家にも料理人はいたし、十分な食事を出してもらっていたが、『何か』をしないと落ち着かなかった。

それに、子供の頃に覚えた料理を作ると、母が喜んだのだ。昔を思い出すように。

お針子になってからは、もっと切実だった。

私はあまりお針子の仕事に向いていなかったので、友人達に助けられていた。そのお礼に、料理を引き受けた。

安くて美味しいものを。

それが大命題。

手間をかけることもできない。時間は有限だったので。

ミンスマイン侯爵家に行ってからは、料理長が正しい知識を教えてくれた。

料理は、『何か』をできない私にとって、いつも自分にもできることがある、という自信を与えてくれるものだったから、とても好き。

そんなふうに私は答えた。

街に入ってからは、人の往来があり、会話はなくなってしまったが、初めての異国の街を目で楽しむことができた。

石造りの、がっしりとした建物が多いのは、やはり雪が多いせいだろう。

豪雪、というほどではないが、雪の降る日が多いらしい。

真っ白に染まった街も見てみたいわ。きっと綺麗でしょう。

小さな街を二つ抜け、美しい街路樹の続く道を進むと、やがて大きなお屋敷が見えてきた。

ミンスマイン侯爵家よりは小さく、ソール夫妻が管理していた館よりは大きい。

「あちらがコールス公爵邸ですか？」

と訊くと、彼は笑った。

「あれは祖母の隠居の屋敷だ。私の屋敷ではない」

「失礼いたしました」

それでも、大きいわ。

何よりお庭が広い。

きっとお祖母様は庭園がお好きなのね。

「さあ。期待しているぞ、アイリス。立派なレディとして、凄腕《すごうで》の料理人として、婚約者よりも良い者を連れ帰ったと言わせてくれ」

彼の言葉に身が引き締まる思いだった。

私は、私の役目をきちんと果たさなくては。

「頑張ります」

ロアナ様のためだけでなく、アルバート様のためにも。


飾りのついた鉄の門扉をくぐって屋敷へ向かうと、どうして私達の到着を知ったのか、玄関には執事らしい男性が迎えに出ていた。

「いらっしゃいませ、アルバート様」

「ああ、シドニー。お祖母様のご様子はいかがかな？」

「本日はよろしいようです。メネット様がいらして、お部屋で過ごしてらっしゃいます」

「大叔母《おおおば》様か。それは良いことだ」

シドニーと呼ばれた執事は失礼でない程度の視線を私に向けた。

「そちらが婚約者のお嬢様ですか？」

「いいや。アイリス・コーディ嬢、婚約者よりも大切な女性だ」

「婚約者様より？　それはどういう意味でございましょう」

シドニーさんは怪訝そうな顔をした。

当然よね。

結婚相手よりも大切な女性なんて、恋人か愛人かと勘ぐるでしょうけど、私ときたら、ろくにお化粧もしていなければ、髪も風で乱れぬように一つにまとめただけ。着ているものは古風な乗馬服。

そして馬車ではなく馬に乗ってやってきたのだもの。

「まずはお祖母様に挨拶だ。知りたければ同道するといい」

「それはもちろん。ご案内いたします。どうぞアイリス様、馬は馬番にお渡しください」

二人が会話をしている間に馬を下りたはいいけれど、どうしようかと思っていた私に、シドニーさんは言った。

何者かわからぬ私にも、穏やかな笑顔を向けて。

アルバート様の恋人か愛人か、と思われると後が大変になりそうだったので、私は先に一言だけ自己紹介する。

「ありがとうございます。アルバート様に雇われました、アイリスと申します」

私が何者であるか、まだ隠しておきたそうなので、『料理人』とは名乗らなかった。

でも『雇われた』の一言で、私達の間に恋愛関係はない、とわかってくれるだろう。このような姿で彼の隣に立っていても、おかしくはないのだ、ということも。

「ついてこい、アイリス。お祖母様に紹介する」

「ハイ」

彼について建物の中に入る。

中は、やはり美しかった。

落ち着いた雰囲気に、趣味の良い調度品。あちこちに花が飾られているところを見ると、やはりこの屋敷の主は植物が好きなのね。

お部屋のノックはシドニーさんがする。

「奥様、アルバート様がいらっしゃいました」

扉を開け、恭しく報告する。

アルバート様はそのまま奥へ入って行ったが、私は部屋の入り口で立ち止まった。紹介される前に奥へ進むのは無作法だもの。

大きな窓のあるその部屋では、二人の老婦人がテーブルを囲んでお茶をしていた。

「お祖母様、今日は体調が良いようですね」

アルバート様はショールを羽織ったご婦人に歩み寄り、頬にキスを贈る。

ではこちらが彼のお祖母様で、ちょっと恰幅のよろしいもうお一方《ひとかた》が大叔母様のメネット様ね。

「ええ。医師の命じた、あの不味い野菜のジュースを飲みましたからね。一応効果はあるようよ」

「お姉様は偏食だからいけないのよ」

メネット様が口を挟む。

お祖母様は肩をすくめてそれに応じた。

「それより、そちらにいらっしゃるお嬢さんがあなたの婚約者さん？　随分とおとなしい姿だけれど」

ご婦人方の視線が私に向けられたので、私はスカートを摘まんで頭を下げた。

「婚約者ではありません。言い方を間違えていました。婚約者に匹敵する女性を、貰《もら》い受けてきた、と言うべきでした」

「婚約者に匹敵する？」

「アイリス、こちらへ」

呼ばれて、私はテーブルに近づいた。

「アイリス・コーディ嬢、お祖母様のために美味しい料理を作ってくれる料理人です」

「料理人？」

「そうです。誰でもいい花嫁などよりも、もっと貴重な女性ですよ」

誰でもいい……。

やはりロアナ様はこの方に嫁がなくて正解だわ。性格は良くても、女性に対する考え方は失礼だもの。

「初めてお目にかかります、奥様。アイリスと申します」

「アルバート、あなた料理人を迎えに行ったの？　ここにも料理人はいるのに？」

「彼女の作る料理は特別です。私がその味に惚れこむほど。それと、彼女は貴族の令嬢ではあるので、同席の許可を」

「貴族の令嬢で料理人？　ボールデーは変わっているのね」

貴族の令嬢だなんて言わなくてもいいのに。

そう言わないと特別感が出ないのかしら？　いいえ、料理人が奥様の前に現れるなんておかしいからね。その肩書は必要なのだわ。

「説明するよりも、その腕前を見ていただいた方が早いでしょう。アイリス、すぐに何か作れるか？　お祖母様達を納得させられるようなものがいい。あのカボチャのスープでもいいぞ」

「カボチャのスープ。あれは嫌いよ。カボチャがスープの中でぐずぐずに崩れて、粉っぽくなってしまうもの」

「彼女のは違うんです」

アルバート様は自慢げに言った。

偉ぶる子供みたいに。

「アルバート様。奥様方はお茶の途中ですから、スープはそぐわないと思います。簡単な焼き菓子の方がよろしいのではないでしょうか」

「どうしますか、お祖母様」

「そうね、お菓子の方がいいわ」

「シドニー、彼女を厨房に。料理人にも手伝うように命じろ」

彼の言葉に、シドニーさんは頷いた。

「かしこまりました。ではこちらへどうぞ」

そして私を伴って外へ出ると、優しく言葉をかけてくれた。

「馬でいらして疲れているようでしたら、私からアルバート様に後にした方が良いと申し上げますが、大丈夫ですか？」

私が何者かわかって、納得した顔。

「ありがとうございます。難しいものを作るのではないので。素朴なものですから、奥様のお口に合うかどうかの方が心配ですわ」

「では、料理人に味見をさせましょう」

さて、ここからが少し大変ね。

使ったことのない厨房で料理をする、というのもそうだけれど、料理人は自分の腕にプライドがある。

突然やってきた小娘の料理がいかほどのものか、さぞや注目を集めてしまうでしょう。

思った通り、突然執事が厨房に現れたので、料理人達は驚いていた。普通、執事は厨房などには入らないものだから。

「アイリスさんだ。アルバート様のお連れになった料理人で、奥様に焼き菓子を作られる。必要なものは提供し、手伝うように」

と命じられ、曖昧《あいまい》に頷いて私を見る。

「誰か、彼女にエプロンを貸してあげなさい」

近くにいた人が、奥から新しいエプロンを持ってきて、私に渡した。

その目が『あなたが作るの?』と言っている。

他の人達からも『自分より美味いものが作れるか?』という圧を感じるのは気のせいではないわね。

私は、ふっと息を吐き、微笑んで挨拶をした。

「アイリス、と申します。どうぞよろしくお願いいたします。大した腕前があるわけではございませんが、ボールデーから参りましたので、皆様の知らない異国の料理が作れます。それがお珍しいとアルバート様の目に留まったようです。調理に関しては拙《つたな》いと思われるでしょうが、どうぞお許しください」

料理の腕を競いに来たわけではない、と宣言すると、場の空気は一瞬で和らいだ。

「ボールデーから来たのかい。大変だねぇ」

と近くのおばさんが声をかける。ここにいる人々は自分の国ではない国へ行くことなど一生ないだろう。

もちろん、私だってそう思っていた。

「アイリスさんは貴族のご令嬢だそうだ。失礼のないように」

シドニーさんが言うと、また空気が変わったので、慌てて付け足した。

「両親が亡くなって、爵位も手放しました。今は貴族でも令嬢でもありません。この服も、アルバート様からの借り物ですわ」

貴族ではない、と伝えたかっただけなのだが、声をかけてくれたおばさんは『両親が亡くなり』という方を気に留めたようだ。

「まだ若いのに、家がないのかい？」

「国には伯父がいますが、自分で働きたかったのです」

「そうかい。貴族といってもさまざまだねぇ」

「お喋《しゃべ》りは後にしなさい。彼女の作る焼き菓子を奥様がお待ちだ。ではアイリスさん、できあがったら、先ほどの部屋へお持ちください」

「はい」

エプロンをつけ、髪を結び直す。

興味津々という視線には慣れている。

私の作る料理は『貴族的』ではないので、侯爵家でもそうだったから。

「では卵と粉とニンジンをいただけますか。それと、砂糖とバターも」

「ああ、いいとも」

料理長らしい人が若い人に命じて材料を持ってこさせる。

「焼き菓子を作るんだろう？　なんでニンジンなんだい？」

おばさんが傍らについて訊いてくる。

ありがたいわ。

遠巻きに眺められているより、こうして質問される方が、答えを言えるもの。

「こちらの奥様は野菜不足が原因でお身体を壊されていると伺いましたので、果実の代わりに使おうと思って。ニンジンを砂糖とバターで煮るんです」

「ああ、ニンジンのグラッセだね」

ここでも同じ料理があるのね。

「はい。ただお料理の付け合わせにするよりも砂糖を多めにして、ハチミツや、あればレモンを入れます。それに、お料理に出すものより、ニンジンを小さく切ります」

「まるでジャムみたいだねぇ」

「ニンジンのジャムも美味しいですよ。味が苦手な方でしたら、柑橘《かんきつ》系の果物と煮るといいと思います」

「野菜でジャムとは珍しいな。どれ、グラッセなら俺が作ってやろう。できあがりが甘くなればいいんだろう?」

料理長がその役を買って出る。

もちろん、私はお任せした。

「あたしにも手伝えることはあるかい?」

とおばさんも言ってくれたので、ありがたくお願いすることにした。

「同じように、青菜のジャムも作りたいんです。こちらで一般的で、クセのない青菜を茹でていただけますか?」

「それを砂糖で煮込むんだね?」

「あ、いえ。まず茹でて、それを裏ごしするんです」

「裏ごし?」

どうやら、この国では『裏ごし』はあまり知られていないらしい。

「柔らかく茹でて、目の細かいザルですり潰すように漉《こ》すんです。そうすると、噛み切れない繊維などがザルに残るので、滑らかな舌触りになります」

「へえ、ただすり潰すんじゃないんだね。いいよ、やったげるから、間違ってたら言いな。青菜は奥様の好きなものにしよう」

目の細かいザルもないようなので、髄《ずい》を搾る時のガーゼを使ってもらうことにした。

野菜はお二人に任せて生地作り。

ああ、もう一つ手伝ってもらいたいことがあったわ。

「すみません、男の方に卵白を泡立てていただきたいのですが……」

これは力のある男の人にやってもらった方がいいもの。

泡立てた卵白に、数回に分けて砂糖を入れる。

バターを軽く湯煎《ゆせん》して柔らかくし、そちらにも砂糖を入れてよく練る。

その二つを混ぜ合わせたところに、紅茶の茶こしでふるった小麦粉を少し入れる。

「なんで茶こしなんか使うんだい？」

これも覗いてきたおばさんの質問。

「この方が粉がダマになりにくいんです」

「よく練ればいいじゃないか」

「粉を入れてからあんまりこねると、ふっくらとできないので」

茹でた青菜を裏ごしし、こちらにもレモンと砂糖を入れて火を通す。材料がふんだんにあるのは、さすが公爵家ね。

オーブンには火が入っていたので、このタネをスプーンで天板に置き、薄く伸ばして、真ん中に作ってもらっておいたニンジンのグラッセと、青菜のジャムをそれぞれトッピングして焼く。

ついでに、何も載せないものも作った。

「薄いので、タネの端に焦げ目がついたら、もう出してください」

焼き上がった生地は柔らかいので、何も載せていなかったものをめん棒でクルクルッと丸める。この生地は、冷めるとちゃんと硬くなるのだ。

もしお野菜がやっぱりダメだった、となったらこれを召し上がってもらおう。

同時に、余った黄身でもお菓子を作った。

だって、もったいないもの。

溶かしたバターに砂糖を入れて白くなるまでよく混ぜ、卵黄を入れ、更に砕いたナッツと刻んだドライフルーツを入れて小麦粉を入れ、ざっくりと混ぜる。

「そっちの粉は茶こしでふるわないのかい？」

「これはザクザクした食感が楽しいので、ダマにさえならなければいいんです」

できあがったものを濡らした手で一口大に丸めて、これもまたオーブンで焼く。

「焼き菓子の型はあるけど、使わなくていいのかい？」

「ちょっと硬めなので小さく作りたかったんです。……あまり公爵家の奥様のお菓子っぽくないでしょうか？」

「そうだねえ。でも、珍しいっていうなら、珍しいからいいんじゃないかい？」

どちらも、簡単な菓子だった。

これは家で教えられた、子供が手伝いできる程度のものだけれど、私は好きだった。

厨房に甘い香りが漂い、両方の菓子ができあがる。

「味見をお願いします」

と料理長に差し出すと、「食べられないものは入ってないから、大丈夫だろう」と口へ運んだ。

「うん。この薄いのはサクサクしてて、軽くていいな。ニンジンや青菜も、それとわからない。こっちの丸いのは、歯ごたえがあるから奥様よりアルバート様が好まれるだろう。どちらも美味いよ」

「よかった……。どうぞ皆様も一つずつ召し上がってみてください。少し多めに作りましたから」

料理長のお墨付きをいただいたからか、物珍しかったからか、皆の手がいっせいに伸びる。

「本当だ、美味しいや」

「バターが多いと思ったけど、いい香りだねぇ」

「この丸いのは、小腹が空いた時にいいかもな」

概《おおむ》ね好評。

これなら、アルバート様に恥をかかせずに済むだろう。

お世辞であったとしても褒め言葉をもらって自信がついた。

エプロンを外し、身支度を整えて先ほどの部屋へ向かう。

お菓子は素敵なお皿に載せてもらった。できあがりは悪くないと自分でも思うし、厨房の皆さんの反応も悪くはなかった。

これならば、取り敢えず失望させることはないと思う。

ドアを開ける前に、もう一度自分に『大丈夫』と言い聞かせて、ノックをする。

「遅くなりました。お菓子をお持ちいたしました」

扉は、私が手をかける前に内側から開いた。

開けてくれたのはシドニーさんだった。

「どうぞ」

と促され、中に入る。

お祖母様と、大叔母様と、アルバート様の視線が私に向き、私の持っているお皿に移る。

テーブルに近づき、お皿を置く。

「これは……、クッキーかしら？　随分と薄いのね。上に載ってるのは何？」

「まだ秘密です。どうぞ召し上がってみてください」

お祖母様は窺《うかが》うようにアルバート様を見た。彼が頷くと、恐る恐るニンジンの載った一枚を手に取り、口へ運んだ。

パリッ、と音がして、一口目が消える。

「あら、美味しい」

その言葉を聞いて、残りの二人も手を伸ばした。

「それは薄焼きの焼き菓子です。泡立てた卵白を使っているので、クッキーよりも軽い感じになっています。上に載っているのは、オレンジのものがニンジン、緑のものは青菜です」

「青菜？　これが？」

「はい。どちらも甘く煮付けてあるので、野菜臭さはないと思います」

「そうね。全然わからないわ。シドニー、あなたも摘まんでごらんなさい」

お祖母様に促され、シドニーさんも近づいて一枚食べてみた。

「ほう。この食感は初めてですな」

「あまり食べた気がしないな」

アルバート様の言葉に、私はもう一つの方を示した。

「こちらは少し歯ごたえがあります。中にはドライフルーツとナッツが入っています。男の方はこちらの方がお好みかも」

「素朴な菓子だな」

と言って一摘まみ。

お祖母様もそちらを食べてくれたけれど、あまりお気に召さなかったようだ。二つ目には手を付けなかった。

けれど最初の薄焼きの方はお気に召したらしく、「ニンジンとは思えないわ」と言いながら何枚か続けて召し上がってくれた。

「美味しかったけれど、花嫁に匹敵するほどとは言えないわね」

というのが、お祖母様の結論のようだ。

それはそうよね。

花嫁と料理人を比べるのは無理があるわ。

「私もそう思います」

思わずそう言ってしまったのは、本音だ。

「あら、あなたがそう売り込んだのではないの？」

「とんでもないことでございます。私は……」

と言い訳しようとした時に、アルバート様の視線に気づいた。

私が『特別な』料理人でなければ、婚約者を連れて戻らなかった理由にならないんだぞ、という顔だ。

「……私は、特別にお料理の勉強をしたわけではありません。珍しい料理が作れるだけでございます。ですが、この国ではまだ珍しいもの、私の国でも珍しいと思われていたものが作れます。アルバート様もそこがお気に召したのかと。今は手早くできる菓子でしたので、私に対する評価は、ぜひお夕食の時に」

「お勉強をしたわけではないのに、あなたの国でも珍しいお料理が作れるの？」

この質問は大叔母様の方からだ。

「はい、あの……。私の家は貿易を行う商人でした」

「男爵ではなかったの？」

「いえ、男爵位はありました。ですが商売も行っておりました」

「彼女の父親は、商船も持っている裕福な商人だったようですよ。だが父親と共に船が沈んで、全てを失ったのです」

執り成してくれたのはアルバート様だ。

「まあ、それはお可哀想に」

「お気遣い、ありがとうございます。そんなわけで、父と取引をしていた外国の方から色々と珍しいお料理を教えていただいたのです」

「たとえば、どんな？」

……どんな。

「薄い皮で包んだ肉ダネの入ったスープですとか、ジャガイモのスープですとか。北の方はジャガイモのお料理が多かったですわ。それと、お肉を薄く叩き伸ばしてバターを包んで揚げたものとか」

「バターを包んで？」

「はい。寒いので、身体を温めるために油を摂るのだそうです」

お祖母様や大叔母様もだけれど、アルバート様まで興味を持った視線を向けてきた。

「そういう話はまだ私も聞いてなかったな。ぜひ聞かせてくれ。シドニー、椅子を持ってこい。彼女も同席させる」

何だか変なことになったわ。

お料理の評価をいただくだけのつもりだったのに。

「あなたの作れる、珍しいお料理の話をして頂戴な。私、バターは好きなのよ。他にもそういうものはないの？」

「お姉様、お医者様に野菜を摂るように言われているんでしょう？　あなた、お野菜のお料理はなくて？」

「あ、はい。ございます」

シドニーさんが持ってきた椅子に座り、私は少し安心して話を始めた。

取り敢えず、お祖母様の興味は惹《ひ》けたようだわ。

ロアナ様のコンパニオンとして働いていたから、会話をすることには慣れているし、子供の頃の船員達の珍しい話ならお料理だけに限らずいっぱいあるもの。

「グラタン、というのはこの国にありますか？　お野菜やパスタをホワイトソースで綴《と》じて焼いたものです。それに、野菜を刳《く》り貫《ぬ》いて、中に具材を詰めてオーブンで焼いたものとかも面白かったですわ。油の煮物とか」

失礼かもしれないとは思ったが、丁度いいので船員病についてもお話しした。

長く船に乗ると、野菜や果物が不足して病気になる。口内炎ができたり、貧血になったり、力が出なくなって起き上がれなくなる。

酷い時には、足が曲がって動かなくなったりするらしい。

船員病は、野菜や果物不足のせいらしい。

長い船旅では新鮮な野菜や果物は手に入らないから。

陸《おか》に戻って野菜を摂り始めると、症状が改善される。

だから、もしお祖母様が船員病であるなら、野菜や果物を食べた方がいい、と。

「でもねぇ、嫌いなのよ。お野菜」

「でも、いつか歩けなくなってしまうかもしれませんよ。何でも食べないと」

アルバート様が忠告しても、お祖母様はあまり良い顔をしなかった。

何と驚いたことに、お祖母様は野菜全般が嫌いだとのことだった。

「あの青臭い匂《にお》いが嫌いなの」

更に、お肉も歯が悪くなってからあまり食べず。

魚も、以前は食べていたけれど、こちらの屋敷に移ってからは新鮮な海の魚が手に入らず、塩漬けの魚は嫌い。

川魚は新鮮なものが手に入るが、やはりクセがあるので好きではない。

何という偏食。

「お菓子は好きよ」

「お祖母様、それはお食事ではありません」

私がこの方のお食事を改善する？

でなければアルバート様の期待には応《こた》えられない？

……これは大変なことになりそうだった。

夕食を作る前に、私はお屋敷の料理人達の話を聞いた。

一応、この国の食生活については話を聞いていたが、実際がどうなのかを知りたかったので。

メインはやはり焼き物。

お肉もお魚も、みんな焼く。

焼き方はバターを使って焼いたり、網で焼いたりとバリエーションはあるけれど、特に凝った調理方法はない。

揚げ物はあったけれど、小麦粉をつけて揚げるタイプのものだけ。

薄切りのお肉というのはあまり使われなかった。

肉は大きくて厚いほど裕福の証《あか》しとされているらしい。

肉を挽くということもなかった。使用人達が余った肉を調理して食べる時に細切れのものを使う程度。

野菜も、そのまま焼く。

でなければ煮る。

グラッセは、バターで煮焼きするものだ、という考えらしい。

材料は豊富で、どれも上物だった。

お肉も、端をちょっと焼いて食べさせてもらったが、柔らかくて美味しかった。

その代わり、ソースは豊富だった。

甘いのから辛いのまで色々な味があって、焼いた食材にそれをかけて食べるらしい。

ということで、私が提案したのは、薄く伸ばした鶏肉でバターを巻き、パン粉をつけて揚げるものだった。

「パン粉？」

「パンを粉にしたものです」

「パンは小麦だろう？　小麦粉でいいんじゃないか？」

……パン粉もないのね。

「パン粉の方が、水分が少ないし、揚げた時にカラッとして、食感もサクサクするんです。中にバターが入っているので、お肉も柔らかくなります。何より、ナイフを入れた時にバターが溢れ出すので食欲もそそります」

作り方を教えて、調理自体はここの方達に任せた。

揚げ物は難しいので、手慣れた方の方が上手くできると思ったから。

それから、アルバート様のオーダーでもあるカボチャのスープ。

料理人達は、カボチャを裏ごしすることに驚いた。

こちらでは、ソースに使う場合でも、野菜はすり潰すらしい。

ただ、裏ごしをすると滑らかさが全く違うのだ。

「これなら、他の野菜でも応用できるんじゃないか？」

「はい。あまり滑らかにならないものは、スープにした時に生クリームを入れたり、同じく裏ごししたおイモなどを使ったりします」

それから、細く切ったジャガイモを水にさらして粉っぽさを取り、油で揚げるようにカリカリに焼いたものも作った。

「イモの揚げたのは作るが、細くすると食感が違うな」

何かを作る度、料理人達は味見をし、感想と意見を述べた。

「野菜はどうする？　奥様は青菜が苦手なのだが」

「細かく切って、すり潰したお魚と混ぜてお団子にして揚げましょう。味付けは、奥様のお好きなソースをかけていただければよろしいかと」

「ソースは作らないのかね？」

「私が作るものより、皆様の作る方が種類が豊富で美味しいと思います」

「うむ、まあ、ソースは大変だからな」

「酢漬けのお野菜も、みじん切りにして出します。歯がお悪いようですし、クセのあるものはお嫌いのようですから。スプーンで取って、ご自分の好きなお料理にかけていただくと、途中で味変わりができていいと思います」

「それなら、数種類のものを、別々に盛った方がいいな」

「ソースも、いつもは料理にかけて出すんだが、別皿に数種類出して、お好きにかけていただくのもいいんじゃないか？」

私はお料理の素人で、彼等はプロ。

知らない調理法や味を教えるだけで、彼等は『自分達ならこうする』とアイデアを出してゆく。

それは楽しい時間だった。

もっと話をしていたいくらいに。

そして夕食。

私も同席するように言われたけれど、困ってしまった。

着替えがないのだ。

「乗馬服で食卓につくのは、マナー違反ではないかしら？」

私の荷物はアルバート様がどこかへ持っていってしまったこと。今着ている乗馬服も、ソール夫妻が管理している館で用意してもらったもの、と事情を説明すると、シドニーさんは片方の眉《まゆ》をちょっと上げた。

「奥様に伺ってまいりますので、少しお待ちください」

そしてすぐに戻ると、私のためのお部屋と着替えが用意された。

「お支度は一人でできますか？　メイドが必要でしょうか？」

「いいえ一人で大丈夫です」

ドレスは、ちょっと形が古いけれど、上質のものだった。

恐らくお祖母様の昔のものだろう。

それを着て、まとめていた髪を梳《す》いて食堂へ向かうと、皆様もう席についていた。

「遅れまして、申し訳ございません」

と謝罪すると、お祖母様はジロリとアルバート様を睨んだ。

「いいのよ、女性の身支度を整えるものを取り上げた人が悪いのだから」

どうやら、ここでもアルバート様は怒られたらしい。

「ちゃんとした服を着たら、とても美しいお嬢さんじゃない。今風のドレスで、お化粧をしたら、もっと美しくなるわ」

大叔母様は場を執り成すように言った。

けれどお祖母様の怒りはおさまらないようだ。

「この子に女性の美しさを説いても無駄よ」

あんなにおっかなく見えていたアルバート様が、ここでは小さな子供のように扱われていることに、思わず笑ってしまった。

もちろん、心の中で。

困ったわ。アルバート様が、どんどん可愛く見えてしまう。

「メネットの言う通り、あなたは美しいわ。もしアルバートが女性の美しさに敏感だったら、あなたを料理人ではなく、花嫁として連れてきたと疑ったでしょう」

「もったいないお言葉でございます」

「そういう控えめなところもいいわね。私は好きよ」

お祖母様は私に向けてにっこりと微笑んだ。

「では、お食事をいただきましょう」

夕食は、とても楽しい時間だった。

私の作ったお料理を、お祖母様も、大叔母様も、とても喜んでくれた。

カボチャのスープは大好評。

鶏のカツは、大きいわと怪訝そうな顔をされたけれど、切った途端に溢れるバターに驚きの声を上げた。

バターが濃いので、料理長が作った付け合わせのお野菜にも口をつけた。

小さくカットして出したのがよかったらしい。

刻んだピクルスは口の中の油を取るのに丁度よく、魚のお団子に入った野菜には気づかず食べてくれた。

食が細いと聞いていたけれど、出されたものは綺麗になくなった。

食後のお茶は辞退して、私は与えられた部屋へ戻った。

とても疲れていたのだ。

馬で半日移動し、到着してからはお菓子を作ったり、夕食を作ったり。忙しい一日だったわ。

お祖母様とお会いした緊張もあった。

一人になると、疲れはどっと溢れてきて、私は椅子に座ったまま目を閉じた。

流されるようにここまできて、与えられた課題をこなし続けてきたけれど、これから私はどうなるのかしら？

ロアナ様は心配しているでしょうね。

アルバート様は私をここでずっと働かせるつもりはないと言っていたけれど、それなら私はどこで働くのかしら？

それとも、ここでの仕事が終わったら、解放してくれるのかしら？

ああ、私を雇って、お給金を払うと言ってくれていたわ。私はきっとアルバート様のところで働くんだわ。

聞いていたことも忘れていた。

最初の別宅の館、お祖母様のお屋敷。アルバート様のお屋敷は、ここよりずっと大きいのでしょうね。使用人もたくさんいるんだわ。

そこで、私にできることがあるのかしら？

色々と考えている間に、うとうとしていたらしい。

ノックの音が聞こえ、私はハッと目を覚ました。

「はい、どうぞ」

慌てて身体を起こす。

入ってきたのは、アルバート様だった。

「入っていいか？」

「もちろんですわ、どうぞ」

彼の後ろから入ってきたシドニーさんが、小さなテーブルの上にお茶を用意する。

「食後のお茶をご辞退なさったと伺いましたので、どうぞ」

「ありがとうございます。丁度喉が渇いていたところです」

わざわざお茶を届けてくれただけだと思った。けれどシドニーさんが出て行こうとしているのに、アルバート様は椅子に腰をおろした。

「あの……、何か御用でしょうか？」

「お祖母様に、アイリス嬢に謝罪してこいと言われたのだ」

不機嫌に彼がそう言うと、シドニーさんはクスリと笑った。

「では、後ほどカップを下げに参りますので、終わりましたらベルでお呼びください」

私が戸惑ってしまったのがわかったのか、シドニーさんはわざわざそう言ってから出て行った。

「喉が渇いてるんだろう。茶を飲んでいいぞ」

「アルバート様は？」

「私はお祖母様と飲んできた。もう腹がいっぱいだ」

「では失礼して」

私はポットからカップにお茶を注ぎ、口をつけた。

「ワインが良ければ届けさせるぞ」

「いいえ、お茶で十分です」

「そうか」

アルバート様は気まずそうに、咳払いをした。

それから、言わされている感満載で、謝罪を口にした。

「すまなかったな。着替えや化粧のことなど考えてやれなくて。女性にとって一番大切なものだろう」

今度はこらえきれなくて、私は笑いを表に出してしまった。

「何がおかしい」

「失礼いたしました。勇猛だと思っていたアルバート様がお祖母様に叱《しか》られてきたのだろうと思うとおかしくて」

「お祖母様は子供の頃から厳しい方でな。頭が上がらない」

彼は苦笑した。

「怒っているか?」

「私が?」

「ドレスも化粧品も取り上げてあちこち連れ回したことを。普通は怒っていいことだそうだ。女性にとって、着飾るということは一番重要なことなのだろう?」

理解できないが、という言い方。

自分でも女性の扱いが上手くないと言っていたけれど、本当ね。

「怒っていませんわ。お料理をするのに化粧は不必要ですし、着飾ることも私には不必要ですもの。ただ、人前に出るのでしたら、礼儀としてちゃんとしたドレスを着たいとは思います」

「着飾ることはないのか?」

「あまり」

「美しいのに?」

お世辞であろうその言葉に、また笑ってしまう。

「アルバート様には女性の美がわからない、とお祖母様がおっしゃってましたが?」

「そんなことはない。美醜ぐらいはわかる。アイリスは美人だ」

「まあ、嬉しい」

「本気で言っているんだぞ。美しい女性はドレスや化粧に頼らずとも美しいものだと思う。だからドレスなどを褒めることはないが、それが女性は不満らしい」

謝罪が終わったからか、彼は気を抜いて背もたれに寄りかかって足を組んだ。

これも、普通女性の前でやってはいけないことよね？

「そうですわね。皆さん、美しいと思われるために努力なさってますもの」

「それが面倒臭い」

「面倒臭い？」

「髪形がどうとか、ドレスがどうとか。新しい香水に変えたことに気づかないとすぐに怒るだろう？」

「恋人にも言ったことはないのですか？」

「恋人はいない。女性と付き合ったことはあるが、こちらが面倒になるか、あちらが怒るかで長くは続かない。だから今回の婚約を考えたのだ。ミンスマイン侯爵は立派な方だった。その娘ならば問題はないだろうと」

「それはお相手の女性に失礼だとは考えなかったのですか？」

私はムッとして尋ねた。

だって、大切なロアナ様を面倒だから選んだ、という言い方をするのだもの。

「貴族の結婚とはそういうものだろう？」

でもその怒りはお門違いだった。

……そうよね。

貴族の結婚は家の結び付きとして決められるもの。恋愛で結婚する人は少ない。

「女がみんな、お前のようにドレスも化粧も不必要だと考えてくれれば楽なんだがな」

「私だって、美しいドレスには憧れますし、お化粧もしたいです。料理をしたり、使用人として働いている時には不必要だというだけです」

「ドレスが着たいのか？」

「それは……、着られたら嬉しいですけれど、着て行く先がありませんわ。私はここでお料理を作るのでしょう？　厨房にドレスで働く人はいません」

「それもそうだな」

この方は軍隊にいたと言っていたから、あまり社交がお得意ではないのね。

だから、女性の扱いを『面倒臭い』などと言うのよ。

女性にうつつをぬかすような人よりはずっといいけれど、好ましくないと思う女性も多いでしょう。

「せめて実のある会話のできる女性がいればいいのだが」

「戦略や政治について語れ、と？」

「そうは言わない。ただ聞いていて楽しい話題を提供してくれる女性は少ないな。今日のアイリスの話は面白かったが」

「私の話なんて、中身のないことですわ」

「そんなことはない。自分の知らないことが聞けて楽しかった。また別の機会に時間をとって話を聞きたい」

「あんな話でよろしかったら構いませんが……」

本気かしら？

それとも、これも謝罪の一環としてのお世辞かしら？

いいえ、この方だったらお世辞はないわね。

彼にはそんな器用なことはできないでしょう。

ではこの言葉は全て真実ということになるわね。

……美しいと言ってくれたことも。

そう思うと何だか気恥ずかしくなってきた。

「あの。私はいつまでここにいるのでしょう？」

「何故だ？」

「ロアナ様に手紙を書きたいのです。落ち着き先が決まらないと何と書いてよいか……」

「ああ、そうだったな。二、三日かな。ここの料理人にお前の料理を教えてやれ。それが終わったら、また移動する。今度はちゃんと馬車で、な」

「アルバート様のお屋敷ですね？」

「そうだ。そこでうちの料理人にも料理を教えてもらう。それが済んだら、お前に選択権をやろう」

「選択権？」

「私の屋敷で働くか、令嬢のところへ向かうか」

「私を雇うのではなかったのですか？」

思わず訊いてしまった。

これではまるでアルバート様の下で働きたがってるようだわね。

「私はそうしたいと思っているが。お前の心の問題だな。罪滅ぼしと犠牲的精神で勤めさせるのは可哀想だ」

この方は、女性の扱いは不得手だけれど、使用人のことはきちんと考えているのね。

「そうだな。私としては、暫くお前を手元に置きたい」

はっきりとした口調で言われ、私は戸惑った。

あの黒い瞳が、じっと私を見つめている。

「お前は、珍しい女性だ」

「……珍しい料理を知っているから、ですか？」

私の言葉にふっと笑みを零す。

「そうかもしれない。だがそれだけでなく、お前の話を聞いて、強い心を持った人間だと思ったからかもな」

「強い？　私がですか？」

「自分で気づいていないのか？　貴族の娘として生まれ、裕福な生活を送っていながら、両親を亡くし、働きに出て、他家の使用人となった。それはかなり辛い出来事だと思う。しかしアイリスにはそのことに対する卑屈さや恨みがない。前向きで、自分にできることをしようという意志が見える。それを強いと言わず何と言う？」

褒められてまた気恥ずかしくなる。

当たり前のことをしているだけなのに。

「それに、女性としても気に入っている。ドレスや宝石の話に終始せず、実りのある話題を提供してくれるところが、な」

「……それはあまり女性を褒める言葉ではないと思いますわ」

「そうか？　私としてはかなりの褒め言葉だと思うがな」

ああ、そんな真っすぐな目で見ないで。

そんな顔で微笑まないで。

二人きりの部屋で見つめられると、ドキドキしてしまう。

「……本当に、珍しい存在だ」

しみじみとそう言うと、彼は突然立ち上がった。

「さあ、私はこれで失礼しよう。あまり長居をすると、変に勘ぐられるからな。明日の朝にはお祖母様が着替えなどを用意してくださるだろう。料理をするのに化粧は不要なら、化粧品はいらないか？」

「私を料理人として置かれるのでしたら、化粧品も華やかなドレスも不必要です。けれど今日のようにお食事に同席させるのであれば、それなりのドレスが必要かと」

「同席したいか？　それとも辞退したいか？」

「お料理を作ってから着替えて食卓につくと時間がかかります。それではアルバート様達をお待たせすることになりますので、私は別席で結構です」

「ではそう伝えよう。明日の朝も、美味い朝食を期待しておく」

それだけ言って、アルバート様は部屋から出て行った。

女性とは、思われていないのでしょうね。

女性としても気に入っている、と言ってはくれたけれど、どう聞いても面倒ではないからという言葉だったもの。

それでも、私の胸はまだ動悸《どうき》がおさまっていなかった。

アルバート様に、どんな形であれ認めてもらっているという喜びのせいで。

凜々しい殿方と二人きりでいたことにも、魅力的な瞳で見つめられたことにも、慣れていなかったせいで。

私は冷めた紅茶をまた喉へ流し込んだ。

変な考えを持ってはダメ。

私は料理人として働くために残されただけなのだから。彼を素敵な人だと思っても、それは私には関係のないことだと自覚しなくては。

今は、お料理のことだけを考えるのよ、と自分に言い聞かせながら。


それからの三日間、私は屋敷の料理人に自分の知り得る限りのことを教えた。

教えた、と言うと偉そうだから、伝えたと言うべきね。

お肉が硬いならば薄切りの肉を使う方がいい。薄切りの肉で野菜を巻くと両方が一緒に食べられる。

大きな肉の塊が裕福さの証しだというなら、それはお客様がいらした時だけでもいいだろう。奥様のお食事は奥様が食べ易いようにしてあげるのが優先。

アルバート様が言っていたように、誰も見ていないのなら誰かに知られることはないのだから、体面を気にする必要はない。

カボチャのスープは他の野菜にも応用が利く。

冬場の果物が少ない時には、果物を野菜と同じように酢で漬けてピクルスにしておくといい。

反対に、野菜は果物のように砂糖で煮てジャムにすると食べ易い。

食べにくい野菜は細かく刻んでしまうといい。

この国では形がわかる方が良い料理だという考えらしいが、他所では出さない料理を出しているという考え方もある。

もし気になるなら、細かく切った野菜の上に、一つだけ元の形のものを置けば、飾りにもなるだろう。

パスタはあるけれど、薄い皮で何かを包むという考えはなかったようなので、それも教えた。

硬い野菜や塊の肉に、見えないように切れ目を入れておくのもいい。

味が染みやすくなるし、口に入れた時に崩れやすく、食べやすくなる。

川魚を焼く時にハーブを一緒に焼くということはあったが、せっかくソースが豊富なので、ソースに漬けこんで焼いたらどうかと提案もした。

硬いパンは薄切りにして出す。

とにかく、薄く、細かくするという概念を伝えた。

「貴族に出す料理に細かくしたものを、なんて発想はこの国にはないねぇ」

あの、親切だったおばさんが面白そうに言った。

「とにかく、見栄えがドーンとしてるのがいいんだよ、ここじゃ。テーブルに載った時に目を惹かないといけないいんだ」

とも言うので、簡単に作れる野菜の飾り切りも教えた。

「ずっと東の方の国では、野菜を飾りに仕立てるんです。それに、食べられなくてもお皿に花を飾ったりもするんですって」

「へえ……」

カボチャを刳り貫いて、中に肉や野菜を入れて焼いたり蒸したりし、そのまま出すというのは気に入られた。

食卓にカボチャがそのまま出される、というのはとても珍しいから。

「食べる時には切り分けて出すんです。火が通っていればカボチャも柔らかくなっていますから」

私の知ることを教えた代わりに、ここでは料理長からソースの作り方を教えてもらった。

「この国では、作れるソースの種類の多さが料理人の腕だともいわれてるんだ。だから、作り方を秘密にしている者も多い。だがお嬢さんは『全て』を教えてくれたから、こちらも誠意を見せなきゃな」

と言って。

もっとも、いくつかは『これは秘密だ』というものもあったけれど。

私が料理人に徹すると言ったからか、最初の夜以来食事の席に呼ばれることはなかった。

ただ、アルバート様が私がコンパニオンも務めていたと教えたからか、最初の時の話が気に入られたからか、お茶の時間に呼ばれてお祖母様とお話をした。

アルバート様や大叔母様、お祖母様のコンパニオンも同席して。

お祖母様は、お料理のことよりも私の家のことを知りたがった。

どんな商売をしていたのかとか、どんなものを扱っていたのかとか。

なので、私は正直に答えた。何でも扱っていました、と。

本当にそうだったから。

食べ物も布も美術品も。望まれたものは全て取り寄せていたので、倉庫にはいろんなものが置かれていた。

子供の頃は、そういう珍しいものを見るのがとても好きだった。

父は買い付けのために自ら船に乗って外国へ赴いた。

船の上では身分の上下はなく、嵐の時には父がロープを握るなどということもあり、船員達とは友人のように言葉を交わしていた。

そのせいか、私も船員達に遊んでもらうことが多く、その時に外国の料理などを教えてもらったのだ。

そんなわけで、私が遊びのように料理をすることもとがめられなかった。

外国の本も、たくさん読んだ。

ただ、私の住んでいたところはボールデーの北の方だったたし、父の取引は主に海の向こうの国とだったので、グリトフのことはあまり詳しくなかった。

知識は得ても、実際他の国へ来たのが、そのあまり知らないグリトフが初めというのもおかしなものだ。

「あなたは女性なのに、たくさんの冒険をしてきたのね」

お祖母様は私をとても気に入ってくれた。

なので、滞在は三日から五日に延ばされ、それでもとても短い時間に思えた。

お別れすることはとても、とても残念だった。

「あなたの教えてくれたお料理を食べて、元気になるわ。そうしたら、アルバートのところへ遊びに行きますから、またお話を聞かせて頂戴」

というありがたいお言葉も戴《いただ》いた。

そしていよいよ、私はアルバート様のご自宅、コールス公爵家へ向かった。

お祖母様のくださったドレスを身に纏い、ちゃんと馬車に乗って。


白亜のお屋敷は、今まで見たどこよりも大きく、美しかった。

アプローチの石段は大理石。

直線的なデザイン、大きな柱とアールのある窓が特徴的なケーキみたいな建物。

お庭も広く、彫像があちこちに飾られ、庭園も美しく、馬場まである。

到着前に、アルバート様は私の立場は『客』だと言った。

「お祖母様も認めた料理人だ。問題はないだろう」

その言葉通り、集められた使用人達の前で、彼は私を特別な客だ、と紹介した。

その腕に惚れこんで譲り受けてきた料理人。元貴族の令嬢。結婚は考えていないが、婚約者に匹敵する扱いで迎えた客人。

更に、お祖母様に気に入られた娘、というのも付け加えて。

婚約者の侯爵令嬢が来ると思って待っていた使用人達は、少し戸惑った顔をしていたが、誰も何も言わなかった。

アルバート様が、女性に対してあまり興味がないことを知っている人々だから、彼の言葉のつじつまが微妙であっても受け入れたのかもしれない。

つまり、彼にとって有能な料理人も、適当な婚約者も、あまり差はないのだ、と思ったのだろう。

「歓迎いたします。アイリス様」

と迎えられ、面映《おもは》ゆい気もしたが、これもまた事前にアルバート様から言われていた。

『婚約者の代わり』となるのだから、それらしく振る舞え、と。

私に与えられたのは立派な客室。

淡い水色に白でスズランのシルエットが描かれた壁紙に、白い家具。テーブルに長椅子、ドレッサー。何もかも揃っている。

寝室は別室で、そこには大きなベッドが置かれていた。

これはロアナ様のために用意された部屋だったのだろう。

そこには先に到着していたロアナ様のドレスや調度品が整えられていた。

サイズは同じなので、ドレスには困らなくなったが、どれも豪華で厨房に入るには向かない。

それを伝えると、彼はメイドの服を用意してくれた。

使用人達にとっては不思議なことよね。

婚約者に匹敵する客人が、メイドの服を着るなんて。

けれどやはり誰も何も言わなかった。

一通りのことが終わると、今夜はお料理をしなくてもよいということで、ティールームでアルバート様とお話しした。

「アルバート様がこの屋敷でどれだけ権威があるのかがわかりますわ」

テーブルにつき、お茶をいただきながら、私は言った。

「当然だろう。私はここの主だ」

別に厭味ではなく、本当にそう思ったから言ったのだけれど、こう返されるとは思わなかった。

「それでも、使用人達がおかしいことを『おかしい』と言わないくらい、君臨なさっているのでしょう？」

「何がおかしい？」

本当にわからない、という顔で訊き返される。

「客人がメイドの服を着て厨房に入ること、ですわ」

「ああ、その程度ならば、さしておかしくもないさ」

「でも婚約者に匹敵する客人ですわ？　貴族の令嬢とも言っているのですよ？」

「私は能力主義だ。皆それを知っている。身分や年齢や外見は関係ない。そんなものは、本人の意思で決まるものではないからだ。能力こそが、その人の努力の賜物《たまもの》だろう。ならばそれをもってその人物を評価する」

素晴らしい考えだけれど、貴族らしくはないわ。

私の知っている貴族は、何より身分を重視し、年齢や美醜にもこだわる方が多かった。

でも……、アルバート様らしいわ。

「まずは、うちの料理人にカボチャのスープを教えてくれ。それがお前の最初の仕事だ。それから、私の話し相手だな」

「アルバート様の？」

「お祖母様も興味を持っていたが、私もお前に興味がある。自分の力で突き進んできた強さに惹かれる。私は仕事があるので、その合間の息抜きだな」

「お仕事って、領地の管理ですか？」

「それに貿易だ。お前の父親と一緒だな。ミンスマイン侯爵と話をしても思ったのだが、アイリスの話を聞いて本格的に貿易を行うのも面白いと考えた」

「私はそんなに商売のことはわかりませんわ」

「だが父親の姿は覚えているだろう？　お前の話の中から、私がヒントを拾い上げるから心配するな」

私が役に立たないことを前提にしているみたいな言い方に聞こえる。

でもアルバート様だから……。

「女性に商売の話は無理、と思ってます？」

「ん？　いいや。子供の頃のことはしっかり覚えていないだろう？」

やはり違っていた。

女性だから、ではなく子供だったから、ということなのね。

「私がご忠告申し上げるのは非礼かもしれませんが、アルバート様は言葉をお選びになった方がよろしいと思いますわ」

彼は少しムッとした顔をした。

「どういう意味だ？」

「誤解を生むお言葉が多い、ということです」

「何を誤解するというのだ」

じっと見つめられる。これは、怒って睨まれている？　それともただ見ているだけ？

「今、怒っていらっしゃいます？」

「怒る？　別に」

「そのように無表情でじっと見つめられると、まるで怒られているかのような気分になります」

「真剣にお前の話を聞こうとしているんだ。じっと見つめて当然だろう」

「ええ。今の私にはわかります。けれど、初めての時にはわかりませんでした。女性というものは、男の方の強い言葉や表情のない顔、きつい眼差しが怖いのです。もしこの先、女性とお付き合いをなさるのでしたら、その女性には優しい言葉と笑顔を贈ることをお勧めいたしますわ」

「おかしくないのに笑え、と？」

「おかしいから笑うのではありません。気持ちを伝えるために微笑むのです。もしこちらにロアナ様が嫁いでいらっしゃっていたら、きっと『アルバート様は怖い方』と思われたでしょう。お言葉の意図を説明いただければ、そんなことはないとわかります。けれど、説明してください、と直接アルバート様に懇願できる女性は少ないと思います」

「一々説明しろというのか？」

「はい。一言でもよろしいのです。私も今、私の言葉の中からアルバート様がご自分でヒントを探すと聞かされて、私の言葉は役に立たないからアルバート様が勝手にする、と言われた気持ちになりました。一言、『幼くて覚えていないだろうが』と言ってくだされば、そのような気持ちにはならなかったと思います」

眼差しは、まだ私を見つめていた。

「そのお顔は、怖いです」

「この顔？」

「アルバート様は、お顔が整っているので、表情のない時は怖いのです」

私も表情を殺して、じっとアルバート様を見つめた。

「この顔と」

それからにこっと微笑む。

「この顔でしたら、微笑んでいた方がよろしいでしょう?」

実際やって見せると、私の意図が伝わったようだ。

「確かにな。だが私には無理だ。意図的に微笑むという習慣がない」

「でしたら、何かをおっしゃる時に、一言その理由を説明なさってください」

「それも習慣がない」

「アルバート様は人に好かれたいとは思わないのですか?」

彼は肩をすくめた。

「誰にでも好かれたいとは思っていない。自分が好かれたいと思う人間には、誠意を尽くす。アイリスの言葉は確かに聞いた。だが私には必要のないことだ」

「それではいけません」

反論した私に、彼は少し驚いた顔を見せた。

「アルバート様がご商売をなさるというのなら、人に好かれるというのはとても大切なことです。私の父は、大らかで優しい人でした。いつも笑顔を絶やさず、人に好かれておりました。商売というのは、人と人とのお付き合いです」

「価格や商品の優劣ではなく？」

「もしそれが同じだったら？　アルバート様はしかめつらの高圧的な方と、笑顔を絶やさぬ人当たりの良い方、どちらを選ばれます？」

彼は「うむ」と言って椅子に背を預けた。

「一つしかない商品を売ろうと思った時、好意的人物とそうでない方のどちらに商談をもちかけます？　爵位があって、立派な功績をお持ちの方でも、人に好かれるための努力というのは必要だと思いますわ」

突然、彼は大きな声で笑い出した。

「アルバート様？」

驚いていると、彼は身を乗り出し、私に微笑みかけた。

「やはりお前は面白い。自分の考えをしっかり持っていて、私にまで意見をしてくる。唯々諾々《いいだくだく》と生きているそこらの娘とは違う。お前を連れてきてよかった」

怒られるのを覚悟で言ったのだけれど、これは喜んでらっしゃるのよね？

「『そうしよう』とは言えないが、お前の意見は確かに聞いた。その理屈もわかった。だから尽力はしよう。これからも、臆《おく》することなく思ったことは言ってくれ」

「あ、はい……」

「この私に意見するとは、やはりお前は心が強い。とてもいい」

彼は、手を伸ばして私の頭を撫でた。

まるで子供にするみたいに。

これも女性にとってはあまり好ましくないことなのだけれど、これは注意しなかった。

女性が嫌がるのは髪形が乱れるからだけれど、私は今髪を結い上げているわけではないし、彼に頭を撫でられるのは嫌ではなかったから。

「何か欲しいものや、やりたいことはあるか？　今の勇気に対しての褒美だ」

それを聞いて、私はすぐに望みを口にした。

「では便せんと封筒を。ロアナ様に……」

「手紙を書くから、だな？」

「はい」

「いいだろう。では、その時間も与えよう。私も仕事に戻る。お前は夕食まで部屋で自由に過ごせ。部屋で手紙を書くもいいし、庭を歩くのもいい。厨房へ行ってもいいし、風呂を使ってもいい。ここでもう少し茶を楽しんでもいい。夕食には、ドレスアップしてこい。使用人達に、お前が貴族の令嬢であることを認識させるために」

「その必要があるのですか？」

「お前を特別な存在と認識させるためだ。どうせ明日からはメイド服で厨房に入るのだろう？　その姿しか見ていなければ、お前はただの使用人としか見られない。それではダメだ」

「私は『婚約者の代わり』ですものね」

先んじて答えると、彼は満足そうに頷いた。

「そういうことだ。ではまた夕食の時に」

アルバート様が出て行っても、お言葉に甘えて私はティールームに残った。

椅子に座ったまま、カップを手に、庭を眺める。

私、とても幸運だわ。

色々あったけれど、こうして素敵なお部屋でゆっくりとお茶をいただいている。

両親のことは悲しみだった。

けれど伯父様の家でもよくしていただいたし、ロアナ様を始めとしてミンスマイン家でもよくしていただいた。

どんなに怒られて、罵倒《ばとう》されるかと思っていたアルバート様にも、優しくしていただいている。

これがとても幸運なことだとわかっていた。

お針子時代の友人達には、実の両親にさえ優しくされなかった人や、食べるのにも困って働きに出たという人もいた。

父が商人だったせいか、私には『してもらったこと』には『してあげて返す』という考えがあった。

優しくされたら、優しくし返す。好意を向けられれば好意を返す、というように。

今が幸せだと思うのなら、このご恩に報いなくては。

私にできることがあるならば、それを精一杯頑張って。

「だとしたら、まずはカボチャのスープね」

口に出してから、私はクスリと笑った。

あのアルバート様を子供に変える魔法の薬だわ、と思って。


夕食までに、部屋でロアナ様に手紙を書いた。

『連絡が遅れてしまいましたが、コールス公爵に事情を説明したところご理解いただきました。

ただ、公爵様は婚約者を連れて戻ると周囲に伝えていたので、手ぶらでは戻れないからと、私を料理人として連れ戻ったことにするというお話になりました。

なので暫くこちらで料理人として働かせていただいてから、そちらへ向かいます。

こちらでは、大変良くしていただいているので、どうぞご心配なさらず、新しい生活を送ってください。

何かありましたら、こちらの公爵家へ、男爵様のお名前でお手紙をください』

宛名《あてな》は、もちろん男爵様のお名前にしておいた。

それからカボチャのスープのレシピも書いた。

手紙は執事さんに投函《とうかん》するようにお願いし、レシピは厨房へ持っていって、公爵様がお気に召したスープだから、ぜひ夕食に作ってさしあげてほしいとお願いした。

私が料理人としてやってきたことは知っていたので、料理人達はすぐに応じてくれた。

わかりにくい細かいところを口頭で説明し、後は任せてみた。

私が食卓についているのにあのスープが出てきたら、彼はどんな顔をするかしら？

考えると、ちょっとワクワクした。

夕食のために選んだドレスは、淡いピンクのものだった。

ロアナ様はピンクが好きなのだ。リボンとかレースをふんだんに使った可愛らしいものが。

私よりも顔立ちが幼いから、とてもよく似合っていた。

こんなにちゃんとしたドレスに袖を通すのは久しぶり……、ということもないわね。

アルバート様のお祖母様のお屋敷で、ちゃんとしたドレスを貸していただいていたのだものの。でもあれは古いスタイルのものだったし、こういう女の子っぽいドレスは初めてだわ。

ロアナ様のお道具を使って、ロアナ様のように可愛らしくお化粧をしてみた。

自分でも意外だったけれど、私はアルバート様に女性として褒められたい、という気持ちがあったようだ。

『私』に向けての感想が強いとか、面白いじゃなく、可愛いとか綺麗とか、一度でいいから言われてみたいという。

大それたことを考えているわけではない。

ただちょっと、ほんのちょっとだけ、ロアナ様の持ち物に囲まれて、そのドレスを着てみたら、ロアナ様の真似ごとをしてみたくなったのかもしれない。

時間になって、呼びにきたメイドが「あら、お可愛らしい」と言ってくれたので、少し期待をしてしまった。

バカだったわ。

使用人はお客様を褒めるのも仕事だなんて、当たり前のことにも気づかずに。

「似合わんな」

そんな浮かれた気持ちは、アルバート様のその一言でペシャンコになってしまった。

食堂に現れたアルバート様は、しげしげと私を見た途端、そう言ったのだ。

「そ……うですよね。これはロアナ様のドレスですので、私のような者には似合わなくても仕方ないですわ。でも、ドレスといえばこれしかないのですもの、今夜だけですから、どうぞ我慢なさってくださいませ。明日からはメイドの服で過ごしますわ。もっと地味なドレスならおかしくないのでしょうけれど、ほら、私はお裁縫が苦手でしょう？　ですからお直しもできなくて」

自分が恥ずかしくて、つい多弁になってしまう。

「アルバート様」

傍らに立っていた執事さんが注意するように彼の名を呼んだのが、余計辛かった。気を遣え、と言ってくれてるのだろうけれど、気を遣われるほど似合わないのかと思ってしまう。

「とてもお可愛らしいではありませんか」

「いや、そうではなく……」

彼の言葉にお世辞はない。

正直な感想しか口にしない彼に酷く言われるのが辛くて、私はその言葉を遮った。

「私のドレスのことよりも、驚かすことがありますのよ。早くお座りになって」

「驚かす？」

「ええ」

「旦那様、特別なスープでございます」

給仕がスープを皿に注ぐと、その色で彼はすぐにそれがあのスープであることに気が付いた。

「カボチャのスープか」

「はい。お嬢様からレシピをいただきましたので、私共が作ってみました。お口に合えばよろしいのですが」

「どれ、味見しよう」

スプーンを取り、一口飲むと、彼の顔が輝く。

「うむ、あの味だ。美味い」

彼に、女性としては褒められなかった。

そのことが、自分の中にある気持ちを明確に映し出した。

私は、彼に女性として見られたかった。女性として見てもらって気に入ってもらいたかった。彼に好かれたかった。

婚約者だの恋人だのという大それた欲はなかった。それは本当だ。でも、女性としては認めてもらいたかった。そうしたら、見ているだけで満足できたのに。

彼に女性として認められたいということは、私が既に彼を男性として意識している証拠。見ているだけで満足するということは、彼を見ていたい、それ以上は『我慢』するという気持ちがある証拠。

つまり、私は彼に恋をし始めていたのだ。

勇敢で、正直で、どこか子供っぽく、貴族らしからぬ自由な彼のことを、いつの間にか『好き』と思ってしまっていたのだ。

「明日からは、厨房に入りますわ。いろんなお料理を作ります」

「期待しよう」

そして私にはわかっていた。

話が面白いと言われても、全てを話してしまえばそれで終わり。

お料理が上手くても、レシピを伝えてしまえばそれで終わり。このスープのように、他の人にも作れてしまう。

私は、彼にとってすぐに『無価値』な者になるだろう。

無価値な私が、彼の目に女性として映りたいと望むことは、大それたものだったのだ。

綺麗に着飾っていながら、心は惨めだった。

ピンクのドレスが、道化の衣装のようで辛かった。

とても……。

翌朝から、私はメイドの服に身を包み、髪を結び、化粧もせず厨房へ入った。

金髪に青い瞳。

自分ではそれなりに綺麗な方だと思っていた容姿だったが、女性に興味のない彼にはそんなものどうでもいいこと。

きっと、この程度の容姿の女性など、もう見慣れているのだろう。

旅の間、私と彼とは二人きりだった。

他の女性の姿はなかった。

だから、誤解していたのだ。

私が彼に一番近い女性なのだと。

でも実際は、ただ珍しい料理人でしかなかったのだ。

「とても可愛らしゅうございましたよ。旦那様はいつも少しお言葉が足らなくて、ご不快に思われたかもしれませんが。あのドレスは少し子供っぽいようでしたから、新しいドレスを作られてはいかがでしょう?」

執事のエドワーズさんは、食事の後にそう言って執り成してくれたけれど、私はそれを断った。

これからはずっと厨房に入るので、新しいドレスなど作っても着る機会はないだろうし、使用人となる私に新しいドレスを作る理由はないのです、と言って。

いい気になって、新しいドレスを着て、また『似合わない』と言われたら、この悲しみはもっと大きくなるだろう。

それが怖かったのかもしれない。

アルバート様のことが好き、と気づいてから、その気持ちはどんどん膨らんでしまっていた。

旅の最初の、あの倒壊した建物の中から人々を救い出す姿を見た時から、私は彼を素敵な人だと思っていたのかもしれない。

力強く、正義感のある人だ、と。

お祖母様のために奔走していたと知った時、優しい方なのだと知って、彼を怖がることがなくなった。

スープに喜んだり、お祖母様に叱られたりする姿を見て、子供っぽさを微笑ましく思い、好意をもった。

恩返しをしたいという思いは、いつから彼に喜んでもらいたい、に変わったのだろう。

それでも、ロアナ様を喜ばせたいという気持ちと一緒だと思った。『誰かに』喜んでもらえることは嬉しいから、それがたまたまアルバート様だった、というだけなのだと。

彼に、『女性』として見られたいと気づかなければ、きっとそのままだっただろう。

あの時、『似合っている』とか『可愛い』とか、褒め言葉をいただいていれば、ただ喜んで、満足して、何にも気づかずに過ごしただろう。

でも、落胆が私に望みを教えた。

何がしたかったのか、何を欲していたのか、を。

そして、困ったことに、その気持ちがわかった途端、見込みがないのにその気持ちが大きく膨らんでゆくのが止まらない。

「スープがお好きなようなので、今日はジャガイモで作ってみました」

彼が驚くのが嬉しい。

「今日は硬いオムレツを作ってみました。野菜や細かく切ったベーコンを入れてオーブンで焼いたものです」

美味しいと言ってくれると嬉しい。

「丸ごと揚げた小魚にソースをかけたものです。こちらでは小さい魚は食べないと聞いたので、珍しいかと」

褒められると、ほっとする。

まだ私は彼にとって価値のある人間なのだと。

「塊で焼いたお肉を薄切りにして、茹でたお野菜を巻いてみました。ソースは料理長の特製です」

私は使用人として、彼に認められればいい。

料理人として『特別』であればいい。

最初からその立場でやってきたのだもの。そのままで終わることに何の不都合があるだろう。

「こちらにもカツはあるそうですが、肉を叩いて薄くしてから揚げてみました。大きくなって見栄えがしますし、薄いと食べ易いんです」

できることをしよう。

出会うはずのなかった人と出会えた。

怒られて追い出されるはずだったのに、彼の側で彼の食べるものを作れる。

「パンを牛乳と溶いた卵の液に漬け込んでから焼いたものです。こうすると、硬いパンがふわふわになるんです」

それで十分幸福ではないか。

そう思って『好き』という気持ちに蓋《ふた》をして、働き続けた。

でも、時々現れる希望に、心が揺れることもあった。

「アイリス。来なさい」

厨房にいる私をアルバート様が呼んだ。

ご主人が現れたので、厨房の空気が固まる。

私はつけていたエプロンを外し、慌てて彼の下に向かった。

「何でしょう?」

尋ねたのに、彼は何も言わず背を向けて歩きだすからついていく。

他の人に話を聞かれないように厨房から離れるのかしら?

でも、ついてこいくらい言ってくれればいいのに。

近くの部屋の扉を開けて中に入る時にも、『入れ』と言ってくれなかった。

不機嫌なのかしら? でも彼はいつも素っ気ないから、気のせいかも。

「シディングという男から手紙が来ているが、ここにいることを誰かに教えたのか?」

封筒を差し出され、納得した。

勝手なことをした、と思われているのかもしれない、と。

「ロアナ様のご主人ですわ。ロアナ様には教えてもよいと言われたので、手紙を書きました。そのお返事でしょう」

説明すると、彼は「ああ」と頷いて表情を柔らかくした。

自分は説明不足なことが多いのに、他人の説明が足りないことには不機嫌になるのだということも、ここに来て学んだ。

思えば、ロアナ様の一件も、最初から相談していたら協力してくれていたのかも。

馬車の扉を開けて他人がいたら怒るのは当然だけど……。

「ああ、ロアナ様の筆跡だわ、お懐かしい」

まだそんなに経っていないのに、ミンスマイン侯爵家にいたのが遠い昔のよう。

「ここで開けてもいいぞ。そんなに嬉しそうな顔をしてるんだ、早く読みたいだろう」

「いいえ、後でゆっくりと読みます。読むとすぐお返事が書きたくなってしまうので」

「そうか。好きにしろ。ただ、すぐこちらへ来いと書いてあったら、暫くは行けないとちゃんと断っておけ。私はまだお前を手放さないぞ」

『手放さない』と言われて、胸の奥がトクン、と鳴る。

だめだめ、これは料理人として、よ。

「ああ、そうだ。荷物の中に乗馬服は入っていたか？」

思い出した、というように、アルバート様が言葉を続けた。

「ロアナ様のですか？　はい。ロアナ様も馬には乗れましたので」

「では、明日はそれを着てついてこい」

また言葉が足りない。

どこへ、何をしに行くから一緒に来い、と言ってくれればいいのに。

「出掛けるのですか？　どちらへ？」

「果樹園だ。ミンスマイン侯爵に送る新しいものを選ぶ。そちらで喜ばれる果実を選んでもらいたい」

訊けば答えてくれるのだけれど。

説明不足ですよ、と言った私の言葉は覚えていないのね。

「はい」

「お前と出掛けるのは面白そうだ。私の知らないようなことも教えてくれそうだしな」

私を必要と思ってくださる言葉に、また胸が鳴る。

誤解してはだめよ。『楽しい』じゃなくて『面白い』じゃない。

「それから、今度友人達を呼ぶことになった。その時にはお前も同席してもらう」

「私が、ですか？」

「婚約者の代わりに連れてきた料理人を見せろと言ってきた。せいぜい皆を驚かす料理を作ってくれ」

「わかりました。頑張ります」

「まだ先の話だからな」

ほら、こんなふうに二人きりの時に微笑んだりするから、心が揺れる。

その上、彼は突然手を伸ばし、私の髪に触れてきた。

黒い瞳に覗き込まれ、心臓はトクンと跳ねるだけでなく、ドキドキと鳴る。

でも、それはすぐに止まった。

「見栄えする顔ではないな。誰か女性を呼ぶか」

また、私を女性と思っていない発言。

私ではダメだから、他の女性を呼ぶというのね？

「仕事中です。見栄えは気にしていませんわ」

「そうだな。お前はそういう女性だ」

ええ、私は使用人ですもの。

あなたの知っている美しい貴族の令嬢達と比べないで。

「ご用件はこれだけでしょうか？　お料理が途中なのですが……」

「もうそろそろお前がいなくても作れるようになっただろう。部屋へ戻って手紙を読んでいい」

そんなこと、言わないで。

私から仕事を取り上げたら、何でもない者になってしまうのに。

「いいえ。お仕事はきちんとします。明日出掛けるなら余計にですわ。ああ、そう。外へ出るのなら、お昼を用意いたしましょうか？」

「弁当か」

「はい。簡単でよろしければ」

「お前の作る弁当なら楽しみだ。ぜひ作ってくれ」

笑顔。

よかった。私はまだ彼を喜ばすことができる。

「では、厨房へ戻ります。今夜はお肉です。こちらも楽しみにしてください」

「ああ」

この人の側にいると、気持ちが上がったり下がったり。

いつまでも彼を喜ばしてあげたいけれど、早く離れた方がいいのかもしれない。

私はエプロンのポケットに封筒をしまって、部屋を出た。

私には、ここを出ても行く先がある。

レシピを書き溜《た》めて、料理人に渡して、ここの人達が何でも作れるようになったら、アルバート様は私をどうするだろう？

もういらない、と言うだろうか？

それとも……。

曖昧だわ。

私の心が。

彼に揺らされる度に、『側にいたい』と『離れた方がいい』の間を彷徨《さまよ》ってしまう。

厨房へ戻る途中、窓ガラスに映った自分の顔に足を止める。

そんなに酷くはないわよね。

でもきっと、お友達が集まる時に呼ばれる女性は、私よりも華やかで私よりも美しいに違いない。

そういうお嬢様を見たら、この気持ちを消し去ることができるかも。

『お似合いですわ。いっそ、そちらのお嬢様と婚約なさっては？』

そんな言葉を笑顔で言えるようになるかもしれない。


果樹園への外出は、とても楽しかった。

二人きりだったから。

話し相手になれ、と言っていたのに、私が厨房で忙しくしていたのと、屋敷に戻ったら彼にもするべきことが山ほどあったので、ゆっくりと話すことはできなかった。

でもこの道中、ずっと私達は会話を交わしていた。

「この国では、女性も狩りに参加する。ボールデーではどうだ?」

「同行はいたしますが、狩りはしないと思います」

「では覚えろ。私が教えてやる。お前は気が強いからきっとできるだろう」

「でも私は狩りには行きませんわ」

「私が連れて行くさ。そういえば、お前はダンスもできるのだったな」

「はい。アルバート様は苦手ですか?」

「何故そう思う?」

「何となくです。女性の扱いが得手ではないとおっしゃってましたし」

「これでも取り敢えず公爵だ。必要なことは皆覚えたさ」

「取り敢えずだなんて」

　アルバート様は機嫌が良く、私もたくさん笑った。

「これから行くところでは栗《くり》が収穫されているそうだ。栗で何か作れるか?」

「お料理ですか?　お菓子ですか?」

「どちらでもいい。だが栗は裏ごしよりもそのままのが好きだな」

「では鶏肉と煮るのはどうでしょう。甘く煮ると美味しいですわ」

「うむ、聞くだけで美味そうだ。お前が来てからすっかり私は食事が趣味になったようだ。以前は腹が満ちればそれでいいと思っていたのに」

「お食事は心の栄養という言葉がありますわ。美味しいものを食べると、心が豊かになりますでしょう？」

「確かにな」

お昼用に作ったサンドイッチも、とても喜んでくれた。

アルバート様は食べ応えのあるものが好きだから、普通のサンドイッチのようにパンとパンの間に具を挟むのではなく、パン、具、パン、具、パンというものにしてみた。

厚くなる分パンを薄くしたのだが、それをとても気に入ってくれた。

「パンが厚いとパサパサした感じが残るが、薄いとそれがない。なのに三枚あるからパンの味はしっかりしている。それに、野菜が入っているのに水っぽくない」

「野菜は干したものを使ったんです。ハムなどから水分が出るのでそれを吸ってくれると思って。それに、野菜は干すと味が濃くなるんです」

「野菜を干す、か。面白いことを考える。出掛けたら、お前の料理が食べられなくなるかと思ったが、こうしてまた違った料理が出るのなら、お前を視察に連れて歩こうか」

お弁当が目当てでも、一緒に出掛けることができるのなら嬉しい。

出掛ける時は二人きりになれるし。

でもそれを理由として口には出さない。

私の気持ちに気づかれたら、きっと迷惑だもの。

そういうつもりはない、と解雇されるのが早まるかもしれない。

「いろんなところへ行けるのは楽しみですわ。ぜひ。お弁当にも、腕によりをかけます」

「ならば、乗馬をもっと上達させろ。お前に合わせてゆっくり走っていると、予定がこなせない」

「……申し訳ございません。ですが、どうしたら上達するでしょう？」

「練習に決まっている。教師を雇ってやる。私が教えてもいいが、女性に教えるのは苦手だ」

態度は素っ気ないし、言葉も足りなくて強引だけれど、基本この方は優しい。

人としての本質が、優しいのだ。

使用人に教師をつけるなんて。

しかも、いつまでいるかわからないような者に。

「では一生懸命練習いたします。レースに出られるくらいに」

「それは楽しみだ」

彼の良いところなど、気づかなければいいのに。

嫌なところが目に付けばいいのに。

「ミンスマイン侯爵との取引で、領民が潤う。そうなったら、道の整備や川の整備もしてやれる。その日が楽しみだ」

自分のためでなく、民のことを考える姿も、彼の良いところ。

「ご商売をなさるんでしょう？　本格的に」

「ああ。そのつもりだ。今度招く友人達にもその話をするつもりだ。出資を頼みたいし、信頼のおける商人も探したい。私では、気の回らないことが多いだろうから、商売を知っている者を雇わなければな」

自分に何ができるか、何ができないかもよくわかっている。

過信もしない。

お父様が生きていらしたら、私は彼の前に貴族の娘として立てたのかしら？

商売のことで、お父様と親しくなったりしたかしら？

……もしお父様が生きていらしたら、彼と知り合うこともなかったでしょう。くだらない考えだわ。

「素晴らしいお考えですわ。では、才能のある若い方を探されると良いでしょう。成功した者は、自分の意見を通したがります。若い者であれば、アルバート様のご意見もよく聞き入れるでしょう」

「それは父の考えか？」

「はい。成功した者よりも、育てた者の方が使いやすいと申しておりました」

「参考にしよう」

今を、楽しもう。

取り戻すことのできない過去も、あり得ない未来のことも考えず。今、感じることのできる喜びや幸せを楽しもう。

外出は楽しかった。

会話も楽しかった。

彼の姿を見ることができるのは嬉しい。

「アイリス」

と呼ばれるだけで嬉しい。

「その乗馬服も似合わないから、新調しろ」

時々、胸に刺さる言葉を受けたとしても、それすら『彼』がいるから与えられるものだと受け止めて。

屋敷にいる間は、メイドの服を脱がなかった。

自分への戒めのために。

少し落ち着いて、彼が私を呼んで話をする時も、メイド服のままだった。

「ドレスをお召しになった方がよろしいのでは？」

とエドワーズさんが言ってくれたけれど、私は断った。

「あのドレスは私のものではないのです。ですから、着てはいけないかと」

「あなたの主のお嬢様の、ですか？」

やはり執事だからか、彼は事情を知っていた。

「はい。私のものは何もないのです」

「ですが、サイズは合ってらっしゃるのですよね？」

「はい。でもやはり畏《おそ》れ多くて。ですから、この服でお許しください」

エドワーズさんは許してくれたが、使用人が主人と座って話をしているのを他人に見られるのはよろしくないので、お話はアルバート様のお部屋ですることになった。

彼の部屋に二人きりということは、嬉しかった。

料理のレシピはどんどん溜まり、もう私が口を出さなくてもレシピだけ渡せばお屋敷の料理人達が何でも作れるようになった。

肉を挽くことも、食材を裏ごしすることも、粉をふるいにかけることも、彼等が知らなかった調理法が当たり前のように使われ、料理人達独自のお料理も出されるようになった。

空いた時間で、私は乗馬の練習を始めた。

礼儀作法などは、一度エドワーズさんにチェックされたけれど、問題はないということで、そういうお勉強はしなかったけれど。

調理をしない日に、一緒に食卓につくように言われることもあったが、それもエドワーズさんが使用人を食堂に座らせるのはどうか、と言って、私が同席する時には別室が用意された。

食堂よりも狭いその部屋は、テーブルも食堂のものより小さくて、丁度二人で向かい合って会話をしながら食事をするのにぴったりだった。

給仕は入らず、サーブはエドワーズさんが行う。それも私がメイド服のままだからかと思うと申し訳ない。

でも、ドレスはまだ怖かった。

彼に何か言われたら、というよりも、ドレスを着て浮かれてしまう自分が。

それに、エドワーズさんはドレスを勧めてくれたけれど、アルバート様は何も言わないもの。

あの日以来、『ドレス姿が見たい』という言葉は出てこなかった。メイド服で十分だと思っている証拠だ。

彼が、望んでいないことを態度で示してくれるのはありがたい。

無駄な期待をしなくて済むから。

けれどアルバート様のお友達がいらっしゃるという日の前々日、予想外のことが起きた。

一人の年配の女性がやってきて、彼女を前にエドワーズさんがこう言ったのだ。

「こちらはフロウ夫人です。アイリスさんを『整えて』くださる方です」

「整える……？」

「この屋敷には若い女性がおりませんので、お化粧や髪を結う技術のある者がおりませんから、専門の方をお招きいたしました」

お化粧？

「いかがですか、フロウ夫人」

エドワーズさんに問われて、その女性は私をじっと見た。

それからにっこり微笑むと、「簡単ですわ」と言った。

「時々、作り上げなければならないお嬢様もいらっしゃいますが、こちらのお嬢様は大変美しい方ですから、本当に整えるだけで済みますわ」

「では、お願いいたします」

「エドワーズさん。これはどういうことなのでしょう。私を整えるとか、お化粧とか」

意味がわからなくて戸惑う私に、エドワーズさんは事もなげに言った。

「お客様がいらっしゃる時に、お嬢さんを紹介したいとのことですので、そのために『整える』のです。旦那様は、アイリスさんが働き過ぎて容色に陰りが出たのがもったいない、元々美しいのだからもっと見栄えする顔にしろ、と」

「また、『見栄え』だなんて、女性に失礼ですわ。美しいと思ってらっしゃるのでしたら、更に美しくとおっしゃらないと」

見栄え……。

見栄えしない顔、と言われたわ。だから誰か女性を呼ぶか、と。

「失礼、旦那様はお言葉が足りない方なもので。ご忠告申し上げておきましょう。つまり旦那様は、アイリスさんを更に美しくするために、わざわざ大奥様のお知り合いであるフロウ夫人を招かれたのです」

見栄えのしない私の代わりに、美しい女性を呼ぶ、のではなかった。

私が疲れた顔をしているから、綺麗に整えるためにお化粧の専門の方を呼ぶ、だった。

「お召しになるドレスは決まっております？　お化粧はドレスに合わせるものですの。まだ決まっていなければ、決めてしまいましょう」

フロウ夫人に言われ、私はまた別の言葉を思い出した。

似合わない、とはっきりと言われたのだ。

「あの……、せっかくお化粧をしていただいても、私にドレスは似合わないかも……」

「然様《さよう》ですね。私もそう思います」

エドワーズさんが、私の言葉に被せるように言った。

あの時は『お可愛らしい』と言ってくれたのに、あれもお世辞だったかとがっかりしていると、こう続けた。

「あのドレスはアイリスさんには子供っぽいと思います。旦那様も、アイリスさんにはもっとすっきりしたものが良いだろうとおっしゃっていました」

え……。

「どのようなドレスでしたの？」

「こう、大きなリボンがついていて、袖にレースがたっぷりあって、スカートが大きいピンクのドレスです」

「そうですわねぇ、こちらのお嬢さんにはちょっと合わない気がいたしますわね」

私に『ドレス』が似合わないのじゃなくて、『ロアナ様のドレスが』似合わないと言っていたの？

「ですので、新しいドレスをお作りいたしました」

「え？」

今度は声に出して驚いてしまった。

「私のドレスはいらないと……」

「旦那様の命令です。瞳の色に合わせて、青にするように、と。丁度届いておりますので、試着してください」

「でもサイズは……」

「お持ちになったドレスに合わせました。サイズがご一緒だと伺いましたので」

サイズが同じだという話もしたわ。

でも新しいドレスを作るなんて一言も……。

「ドレスがあるのでしたら、合わせてみましょう」

「旦那様はアイリスさんの真っすぐな髪がお好きなようですので、縛ったり編んだりせずに、とのことでした」

「かしこまりました。ではそのようにいたしましょう」

そんなこと、今まで一言も言われていないわ。

髪に触れられたことはあったけれど、好きとも、気に入ったとも聞いていない。

「結構です。でもまずはお部屋へご案内いたしましょう。さ、お荷物をどうぞ」

「ありがとうございます。アイリスさん、参りましょうか」

言葉が足りない。

いつもそう。

そして足りなかった言葉が埋められると、またアルバート様の良いところを知ってしまう。彼の優しさに気づいてしまう。

ロアナ様のドレスが私に似合わない、と言っただけなの？　しかも、私の瞳の色もちゃんと覚えてくれていたの？　私の髪を好きだと思ってくれていたの？

私には詳しいことは何も言わず、ドレスもお化粧の先生も用意してくれていたの？

私は、まだ女性としてあなたの目に映る可能性があるの？

ああ、また抱いてはいけない希望を抱いてしまう。

先のない道を歩き続けてしまう。

「これが、アイリスさんのドレスです」

用意されたドレスは、とても美しい青いドレスだった。胸元にはリボンではなく、ビーズの刺繍《ししゅう》がしてあって、スカートはロアナ様のドレスよりも膨らみは少なく、その代わりジョーゼットが重ねてあった。

「素敵なドレスですわ。お嬢さんにお似合い」

優しくしないで。

「お礼を……申し上げなくては。こんなにしていただいて……」

これ以上好きにさせないで。

「お客様がいらっしゃるまでにお仕事を片付けたいとのことで、午後から暫くお出掛けになります。今でしたら、まだいらっしゃいますが、参りますか？」

「はい」

「では、フロウ夫人。その間にお荷物を」

「ええ。そうさせていただきますわ。戻ったら、すぐに試着してみましょうね」

フロウ夫人の部屋を失礼させていただいて、エドワーズさんと玄関に向かうと、アルバート様は馬を待っているところだった。

出掛ける、ということも教えてもらってなかったわ。

やはりこの方は言葉が足りない。

一使用人の私に告げる必要がなかっただけかもしれないけれど。

「アルバート様」

声をかけると、彼はすぐに振り向いてくれた。

「何だ？」

「あの……、ドレスと、先生をありがとうございました。私のような者に……」

「ああ、乗馬服も、他のドレスもすぐに届くだろう。ブーツも頼んであるな？」

尋ねると、心得ていますという顔でエドワーズさんは頷いた。

「全て届いております」

いつの間に……。

「では荷物を入れ替えてやれ。ミンスマイン令嬢のものは、まとめて本人に送ってやるといい。この家では不要だ」

「かしこまりました。そのように」

「では行ってくる」

「お戻りは明日でしょうか？」

「そうだな……。いや、ついでだ、待ち合わせて友人達と一緒に明後日戻る」

「かしこまりました」

アルバート様の視線が、エドワーズさんから私に向けられた。

「その時には、お前らしい美しさで私を迎えろ。友人達を納得させるくらい、美味い料理を用意してな」

「美しくならなかったら……」

不安げな瞳を向けると、彼は笑って私の頭を撫でた。

私の髪を、気に入っているとエドワーズさんが言ったけれど、本当かしら？

「こ……、この髪がお好きですか？」

確かめたくて、私は勇気を出して訊いてみた。

「ん？　ああ。真っすぐで綺麗な金の髪だ。ごちゃごちゃと結うよりずっといい。手入れをすればもっと綺麗になるだろう」

ためらう様子も照れることもない、あっさりとした答え。

でもだからこそ、本当に気に入ってくれているんだとわかる。

「はい、綺麗になるように努力しますわ」

「それは別にいい」

意を決してした宣言は、軽くいなされた。

「それより料理を頑張れ」

「……はい」

「ではな」

馬が引かれてくると、彼はすぐにそれに跨がり出発してしまった。

「今のは、頑張らなくても美しいという意味だと思いますよ」

エドワーズさんが慰めのように一言呟く。

そうかもしれない。

でもそうでないかもしれない。

驚いて、嬉しくて、戸惑って、結局何だか気が抜けてしまった。

「私、お料理を頑張りますわ」

「その前に、ドレスの試着を」

今回お招きするお客様は、アルバート様の軍隊時代からのご友人とのことだった。年も近く、もちろん皆様、貴族の方だ。

気の置けない方々で、爵位の違いはあれど、それは彼等の間では問題にはならず、儀礼的なお付き合いではない。

彼等がここへやってくる理由は、一つにはアルバート様の婚約者を見るため。こちらは婚約者の代わりにしたいくらいの良い料理人が来たからお披露目したいという理由に変わったが。

そしてもう一つは、ミンスマイン侯爵家を倣って、商会を立ち上げるための出資者を募るためだ。

アルバート様一人で立ち上げることも考えたそうだが、取り扱う商品の多様性を考えると、他の領地の特産物があった方がいいだろうし、商会の業務を一人でやるよりは何人かで分担した方が負担が少ない。

また販路のため、ツテは多い方がいいと考えたらしい。

なので、お客様の機嫌を損ねてはいけないというのは、エドワーズさんから重々注意された。

「アイリスさんには無用の注意かもしれませんが」

彼等を迎えるための料理は、前日から厨房の人達と共に考え、滞在中の全てのメニューを決めておいた。

私は接客に従事しなければならないかもしれないので。

まずはこの国の定番のステーキ。

これは絶対に欠かせないとのことだった。

ただ、料理長自慢のソースの他に、ソテーした野菜を入れて具沢山のソースも作ってみた。

薄切り肉で野菜を巻いたもの、バターを包んだ鶏の揚げ物。

バターを包んだパンも作ってみた。

焼いている間に中のバターが溶け出し、天板に流れ出したバターが外側をカリカリにし、全体的にバターの風味がいきわたる。面白いパンになった。

刻んだピクルスに半熟にした卵を載せた野菜のソテー。

茹でた肉をペースト状につぶし、スパイスやみじん切りの野菜を加えて固め、スライスしたものと、燻製《くんせい》した肉を薄切りにしたものは同じ皿に載せた。

魚は、焼いてからソースをかけるのではなく、ソースに漬け込んでから焼くという方法にしたが、これは焼くのが難しく、焦がさぬよう料理長自ら焼いた。

お酒を飲まれるそうなので、手で摘まめるようなものも用意した。

そしてカボチャのスープ。

「コールス公爵家の料理はきっと評判になるでしょう。アイリスさんのお陰です」

と言われたけれど、もう私がいなくても大半の料理は屋敷の料理人で作れるようになっていた。

私自身は……、フロウ夫人の作品として、彼女が満足いく出来になったようだ。

髪には丁寧に櫛《くし》を入れられ、エドワーズさんが用意してくれた青い髪飾りをつけ、あの青いドレスを身に纏った。

自分でも、鏡を見て綺麗に仕上がったと思ったくらいだ。

「どこから見ても、お姫様ですわ。上品さがにじみ出て、まるで水の精霊のようです。お振る舞いも問題ございません」

そこまでとは思わないが、我ながら上出来だと思う。

これなら、少しはお褒めの言葉がいただけるのかもしれない。……期待してはいけないけれど。

到着時間は夕刻との報せがあったので、玄関先でエドワーズさんと緊張して待ち続け、門番からの到着を知らせるベルが鳴ってから、表へ出た。

朱に染まり始めた空の下、馬を連ねた五人の男性のシルエットが近づいてくる。

先頭はアルバート様だとすぐにわかった。

黒い影の一団は、まるで神の騎士が現れたようで、思わず見惚《みと》れてしまうほど、凛々しく颯爽として、美しかった。

近づいて、影が人となる。

馬で玄関先まで乗り付け、皆はひらりと地に降り立った。さすが元軍人だわ、皆様身が軽い。

「おかえりなさいませ」

エドワーズさんが迎えの挨拶を口にしたので、私も同じ言葉を繰り返し、頭を下げた。

「おかえりなさいませ」

アルバート様が私を見る。

今日は、何と言ってくださるかしら？

少しは綺麗になったと言ってくださるかしら？

ドキドキしながら待っていたが、彼は何も言ってくれなかった。

「これは美しい」

代わって口を開いたのは、同行したご友人達だった。

「こんな美しい女性が迎えてくれるなんて、わざわざ来た甲斐《かい》があったな」

「婚約者は連れてこなかったんじゃなかったのか？　それとも、予定していたのとは別の女性を迎えたのか？」

「ぜひ紹介してくれ、アルバート」

アルバート様の言葉はもらえなかったけれど、取り敢えず恥をかかせない程度の出来栄えではあるようね。

「彼女は婚約者ではない」

アルバート様が私に近づき、肩を抱いた。

「彼女が、私が連れてきた自慢の料理人のアイリスだ」

彼の言葉に驚きの声が上がる。

「料理人？　この美しい女性が？」

「冗談じゃないのか？　うちの料理人も女性だが、もっと年配だぞ」

「いや料理人にしておくには惜しい」

褒められることに慣れていないので、照れてしまう。

しかも私の肩にはアルバート様の手があるのだ。緊張で身が縮む。

「彼女の料理の腕を見たら、納得するさ。エドワーズ、彼等を部屋へ案内してやれ。みんな腹が空いているから、すぐに夕食だ」

「かしこまりました。既にお料理の支度はできております」

エドワーズさんはメイドを呼び、お客様をそれぞれお部屋へ案内するよう指示した。

エドワーズさん自身も夕食の差配のために去り、アルバート様と私だけがその場に残される。

アルバート様が私を見た。

「やはり、お前には青いドレスの方が似合う」

「こんな素敵なドレスを、ありがとうございます」

「必要だと思えばいくらでもあつらえてやるさ。想像以上に綺麗になったので驚いた」

「本当ですか？」

初めて聞く褒め言葉に、私は隣にいる彼を見上げた。

近い。

黒い瞳に沈みゆく陽の光が射《さ》して、また赤く見えた。

ああ、この瞳を見るだけでも胸が騒ぐ。

この近さでは更に鼓動が激しくなり、それが彼に聞こえないか心配だった。

「本当だ。だが残念ながらお前を食事に同席させなければならない」

残念ながら？

「私も着替えてくるから、食堂で待て」

残念って、どういう意味？　この方はいつも不安な言葉を残してゆく。その言葉に説明はないの？　説明を聞いたら安堵する言葉なの？

問いかける前に、彼は私から離れ、大股で歩み去った。気のせいだとは思うけれど、少し不機嫌そうに。

「……いいわ。想像以上に綺麗だと言われたもの」

喜びの言葉を慰めに変えて、私も移動した。

食堂でお客様を迎えるために。


ずらりと並べられたお料理に、皆は驚きの歓声を上げた。

「これはすごい」

「へえ、珍しい料理だな」

そしてそれを口に運ぶと、驚きは称賛に変わった。

「美味い」

「こんなのは食べたこともない」

「これをその美しいお嬢さんが」

皆の視線が向けられ、私は慌てて説明した。

「私だけではありませんわ。レシピは提供しましたが、もう殆どお屋敷の料理人が作ったようなものです」

「だが、レシピを考案したのはお嬢さんでしょう？　もっと自慢すべきだ」

「アイリスは自分の能力を鼻にかけるタイプではない」

アルバート様の言葉は、やはりどこか不機嫌に聞こえた。

「アイリス嬢のレシピをぜひ教えていただきたいな。我が家の料理人に覚えさせたい」

「いや、お嬢さんをお借りしたい。暫く我が家に来てくれませんか？」

「レシピは譲ってもいいが、彼女は貸さないぞ。まだうちの料理人達も全てを学んだわけじゃない」

「そうだよな、わざわざ外国から連れてきたのだから」

食卓の会話の中心にされ、私は居心地が悪かった。

特別なことではない。ただ外国のお料理だから珍しいだけなのに。そのうち、両国の交流が盛んになれば、この程度のものはすぐに皆作れるようになるだろう。

「例の商会の話に、彼女の料理も加えたらどうだ？」

などということまで言われては。

「彼女は君の婚約者じゃないんだろう、アルバート」

「料理人だ、と紹介したはずだが？」

「そうだったな。だがやはり信じられない」

「彼女の能力を疑うのか？」

「そうじゃない。美しさを褒めてるんだ。それとこれとは別だよ」

「あまり喋りませんね。私達が怖いですか？」

　お友達の一人が私に声をかけてきた。

「いえ、私のような者が口を挟んでは失礼かと」

「そんなことはありません。我々はこんな素晴らしい料理を作ったあなたの話を聞きたい。それに、ボールデーのことも」

「ボールデーのこと、ですか？」

「アルバートから商売の話をもちかけられているので、その商売相手となる国のことは知りたいんです。ボールデーでは何が売れるでしょう」

「おい、マーティン、女性にそんなことを訊いてもわからないだろう」

「アイリスの父は貿易商だったそうだ。彼女はそこらの女性とは違う。頭もいい」

　アルバート様から、言ってやれ、という目で見られて、私は口を開いた。

「こちらでは食材が豊富なので、何を扱っても買い手はいると思います。問題は輸送手段でしょう。馬車では積み荷に限界がありますから、船が使えるようにした方がいいと思います。また、こちらの装飾品は色が鮮やかなので、ボールデーの女性にも喜ばれると思います」

「ほう。船、ということは川かな？　だが水路を作るには金がかかる。ボールデーまで真っすぐに続く川はないからな」

「既存の河川を乗り継ぐ、という方法がありますわ。河川の高低差を調べて、川を繋ぐという方法もあります。ただ、それは河川の近隣住民の理解を得なければならないでしょうが、護岸の工事や橋の建設も行うと言えば、理解は得やすいでしょう。もっとも、それにもお金はかかりますが」

「我々に投資しろ、と言うんだな?」

「投資のない商売はないと思います。ただ投資をする前には調査が必要だとも思います」

「君の父上はそうしていた?」

「はい。もし父なら、入念に調査したでしょう。私の家には、そういうことを調べるためだけの人もいました」

アルバート様に恥をかかせてはいけない。

彼は、私は話ができると皆様に言った。ならば、私はできる限り参考になるような話題を提供しなければ。

覚えていることは少ないけれど、提案ができるくらいの基礎知識はある。

でしゃばり過ぎないように、それでいて愚かなことは言わないように。

話題がだんだんと商売のことから離れていっても、精一杯それについていった。

知らないことは知らないと、はっきり言い、彼等の話を聞く側にも回った。

人と話をするのは不得手ではないし、彼等がアルバート様のお友達だと思うと、気に入られたいとも思った。

私が、彼の側にいてもおかしくはない者だと認められたいという欲もあったのだろう。

彼等から、私の知らないアルバート様のことを聞けるのも楽しかった。

「見かけによらず、無骨な男でしょう。昔よりはマシになったんですよ。昔は必要最低限のことしか喋らなくてね」

「そうそう、部下がよく私達のところに『あれはどういう意味でしょう』と泣きついてきたな」

「だが情には厚いので、慕われてはいたな」

「乗馬の技術は私とよく競ったものだ。アイリスさんは馬に乗りますか？」

アルバート様は、あまり感情を表に出さず、口も重たい。言葉が足りない、というのは私が知っている通りだった。

でも、狩りが好きで、馬も好きというのは知らなかった。

楽器を演奏することも、実は寒がりだということも。

楽しかった。

問うことのできない彼のことを知るのは、とても楽しかった。

食事が終わり、殿方は別室でお酒をたしなむというので、私が退席しようとすると、彼等は私にも同席するよう誘ってくれた。

「あなたの話はとても面白い。礼儀正しくしますので、どうぞ同席してください」

私は、アルバート様を見た。

これは出過ぎたことにはなりませんか、と言うように。

けれど彼は無表情のまま「好きにしろ」としか言わなかった。

別室へ移ってお酒が入ると、話はもっとくだけたものになり、笑い声もまじるようになった。

けれどアルバート様はだんだんと無口になった。

お友達がそのことに注意を払う様子はなかったので、いつものことなのかもしれないが、少し気になった。

「アルバート、彼女は君の婚約者じゃないんだろう?」

お友達の一人が、その黙り込んでいたアルバート様に声をかけた。

「何度言わせるつもりだ?」

「ちゃんと確認をとっておきたいと思ったんだ」

「確認?」

「ああ。私は少し話しただけで彼女が気に入った。料理の腕もさることながら、その聡明《そうめい》さと、何よりこの美しさが」

彼は私と目を合わせ、にっこりと微笑んだ。

「私はフェイトン伯爵、マーティンです。もしよろしければ、私と結婚を前提としてお付き合いをしませんか？」

一同から囃《はや》すような声が上がった。

「バカなことを言うな」

それを制するように、アルバート様が声を荒らげる。

「彼女は爵位もなく、両親もいないんだぞ？」

「だから？　身分が必要なら、私にある」

「そういうことじゃないさ。本気だ」

「そういうことじゃない。身分なんてくだらないものだ。だがそれが社交界では必要とされる。守る者もいなければ、彼女は苦労するだけだ」

マーティン様はアルバート様の言葉を笑い飛ばした。

「彼女の聡明さならば、社交界を乗り切ることはできるだろう。この美しさならば、大抵の令嬢は怯《ひる》むはずだ。爵位が必要なら、彼等のうちの誰かの家の養女にしてもらえばいい。名前だけでも貴族であれば、文句はないだろう」

「私の家で引き取ってもいいぞ。うちには女の子がいないから、両親も喜ぶだろう。マーティンと義兄弟になるなら、私も歓迎だ」

別のお友達が手を上げた。

「料理人として彼女が必要だというのなら、彼女が君の屋敷の者にレシピを伝え終わるまで待ってもいい。彼女がこの国の貴族と結婚できない理由などないよ。私の妻に迎えられない理由など、ね」

「ありますわ！」

私は思わず声を上げた。

「フェイトン伯爵様のお言葉はありがたいことですけれど、私は伯爵様の奥様にはなれませんわ」

「どうぞマーティンとお呼びください、アイリス嬢。それで、私の妻になれないどんな理由があるのでしょう」

彼は礼儀正しく会釈した。

「私がフェイトン伯爵のことを何も知らないからです。私には結び付きを必要とする家はありません。あるのは私の心一つです。そのたった一つの心が、今日出会ったばかりの方と結婚したいとは思えないからです」

「では、これからお付き合いをいたしましょう。彼が許すなら、私はずっとここに滞在してもいい。そして私を知ってもらいます」

私が好きなのはアルバート様なのです、と言えたら……。

「私はこの家を出たら向かう先があります。私が以前勤めていたお屋敷のお嬢様のところで働くことが決まっているのです」

「では、あなたの代わりの者をその令嬢に送りましょう。何人もね」

「私はこの国のことをあまり知りませんわ」

「私が教えてあげますよ」

他に断る理由はないかしら。

どうして他の方々も反対してくれないのかしら。

何故なりゆきを面白がるように、微笑んで私達を見つめたままなのかしら。

彼女はただの料理人だ、貴族の妻にはなれない、と言ってくれないのかしら。

身分を気にしないアルバート様のご友人だから？

「彼女が君の婚約者でないのなら、私には彼女に求婚する権利がある。そうだろう、アルバート」

もう一度言葉を向けられ、アルバート様は立ち上がった。

挑むようなマーティン様の視線に、アルバート様が眉根《まゆね》に皺《しわ》を寄せる。

「酒が入った男の言葉を信用はしない」

「では明日、素面《しらふ》の時にもう一度申し込もう。もっとも、長旅の後のこの酒だから、朝食は遠慮するかもしれないが」

「そうだな、我々ももう少し飲みたいから、朝は遠慮しよう。なあ、みんな」

「ああ。それじゃ、昼にマーティンのプロポーズ劇を拝見だ」

からかうような口調ではないが、皆マーティン様に賛同している。

「来い、アイリス。これ以上酔っ払いに付き合ってやる必要はない」

アルバート様は私の手を取ると、その部屋から連れ出した。

「おやすみアイリス嬢。明日また」

マーティン様の言葉を受けながら。

部屋を出ても、アルバート様は私の手首を摑んだまま、歩き続けた。

方向から、向かっているのは彼の部屋だとわかった。お食事をご一緒する時に何度か入ったことがあるのでわかる。

「アルバート様、もう少しゆっくり歩いてください。私、転んでしまいます」

大股で足早に歩く彼にそう言うと、振り向いてはくれなかったが、歩く速度は落としてくれた。

向かったのは、やはりアルバート様のお部屋だ。

中に入ってから、ようやくアルバート様は手を離してくれた。

私を長椅子に座らせ、ご自分は水差しの水を注いだグラスを手にしてから隣に腰を下ろした。

「悪かったな。酒の席に出すのではなかった」

表情は、落ち着いていた。

さっきまでの険しさはない。

「いえ、皆様、礼儀正しかったですわ」

彼は水を飲み、長いため息をついた。

「女性が同席していたから、皆あまり酒を飲んではいなかった。私もあまり飲まなかった。元々みんな酒には強いしな」

「ええ。そのように思います。皆様とても礼儀正しかったと思います」

「だから、マーティンの言葉は本気だろう」

その言葉にピクリと指が震えた。

「マーティンは……、いい男だ。フェイトン伯爵家は裕福だ。彼のご両親も落ち着いた良い方だ」

ちょっと待って。

何を言い出すの？

まさか、さっきは反対してくれたのに、私にあの人と結婚しろと言い出すつもり？

私は膝の上でぎゅっと拳《こぶし》を握った。

「落ち着いて考えれば、我が家で料理人を続けるより、フェイトン伯爵夫人になる方が、お前にとって幸せなのかもしれない」

ああ……。

あなたがそれを言うのね。

いいえ。優しい人だからこそ、そう言うのでしょう。でも、私にとって、どんなにそれが辛いことか。

「さっきは反対したが、お前にとっていいことばかりだと思う、だが……」

彼はグラスを置いて私を見た。

黒い瞳の奥に深紅の光。

「だが、私が嫌だ、と思った」

「……え？　それは私がご友人の奥方に相応しくないからですか？」

「違う。お前はそこらの貴族の娘よりずっと貴族らしい。容姿も、知性も素晴らしい。だから私も、ずっと手元に置いておきたいと思っていた。手放したくないと考えていた」

手放したくないという言葉は聞いたわ。

でもそれは料理人としてのことでしょう？

「結婚ということは考えていなかった」

ほら。

「なのに、マーティンがお前を妻に欲しいと言い出した時、『嫌だ』と思ったのだ。アイリスが、私以外の男の手を取るのを見たくはない。私のもとから離れてゆくことが許せない、と」

「私は、ずっとこの家で料理人として働きますわ。そしていつかロアナ様のところへ……」

「相手が、ミンスマイン令嬢であっても、お前を渡したくない」

「……それではまるで私に恋をしているようですわ。誤解されまして……」

「誤解ではない」

私の言葉が終わる前に彼は言った。

「お前に恋をしているのだ」

信じられないような言葉を。

「料理なら、もう殆ど教え終わったのだろう？　今夜の料理はお前の作ったものと遜色《そんしょく》がなかった。それでも、やはりお前にいてほしい。他の男と楽しげに話している姿は不快だった。『私の』アイリスなのに、と思った。他の男の妻になることも許せない。これは恋だと言っていいだろう？」

彼は、礼儀正しくゆっくりと手を差し伸べ、拳を握ったままの私の手を取った。

「私には、お前を守ってやれる両親はいない。公爵家は伯爵家と違って、誰とでも結婚ができるわけではない。国内の貴族のどの家の養女になっても、『養女』と知られ、公爵家に相応しくないと言われるかもしれない。それでも、私はアイリスを本当に自分のものにしたい。自分の思い込みではなく、『アイリスは私のものだ』と言いたい」

結婚は考えていなかったと言った。

伯爵家と違って、公爵家は貴族の養女になったからといって結婚できるわけではないのだろう。

それでも、私を自分のものにしたいと言ってくれた言葉が嬉しい。

どうせ私はただの料理人だったのだもの、正式な奥様になれなかったとしても、彼とこれからもずっと一緒にいられるのなら、愛人だってかまわない。

「マーティンが言ったから、というわけではない。お前のことはとても好きだったが、私に恋愛という考えがなかったのだ。だが、マーティンがそれを教えてくれた。マーティンとの結婚を考えるなら、その前に私の手を取ることも考えてくれないか。もし、マーティンの方が良ければ、この家からお前を嫁に……」

「どうか……」

私はアルバート様の手を握った。

「どうかそれ以上おっしゃらないでください。マーティン様がどんなに素晴らしい方でも、結婚はしません」

意図せず涙が溢れる。

「私……、私もアルバート様が好きです。でも言ってはいけないと思っていました。ロアナ様の代わりになろうとしていると疑われたくなくて……。アルバート様が公爵様でなくとも、好きなのです。素っ気なくて、言葉が足りなくて、強引なあなたが」

「いいところがない」

手が握り返され、彼が笑う。

「事実だが」

「ええ。そんなところがあっても、好き。優しくて、子供っぽくて、誰にでも公平であろうとするあなたが、好きなのです」

「マーティンの求婚より、私の恋を選ぶか？」

「選びます。選んでも良いなら」

「もちろんだ」

ふっと、顔が近づき、身構える間もなく唇が奪われる。

「……ン」

驚いて、涙も止まる。

唇はすぐに離れたが、目を丸くして驚く私に、彼は笑った。

「もっと早くにキスをすればよかった。そうしたら、もっと早く私がお前を欲しがっていることに気づいただろう」

「愛の言葉もなくキスされたら、たとえどんなにアルバート様が好きでも、その頰を叩きます」

「それはいい。そういうお前がいい」

彼は握っていた手を引いて、私を抱き寄せた。

「では、愛の言葉を口にすれば、許してくれるのだな？」

「……もういただきましたわ」

「私は言葉が足りないと皆に言われる。だがこんな時くらいは、ちゃんと言おう。アイリス、お前を愛している。女性にこんな気持ちを抱いたのは初めてだ。他の誰もお前の代わりにはならない」

真っすぐな言葉に、耳まで熱くなる。

この方は、自分が正しいと思った時にはそれを突き進める方なのだわ。

「他の男のことを考えず、お前の主の下にも行かず、ずっと私の側にいてくれ。私のために料理を作り、一緒に狩りに行き、この屋敷で暮らしてくれ」

だから、この言葉を信じられる。

その気持ちを信じられる。

「アイリスを、私のものにしてもいいと言ってくれ」

答えが一つしかない質問。

だから私は短く答えた。

「はい……」

とだけ。

これから先のことを少しも考えず、ただ今、愛されたことだけを喜んで。


今この瞬間から先のことを『考えない』、というのは、彼との結婚とか、彼の友人達に私をどう説明するのかとか、そういうことだった。

けれど、本当に何も『考えていない』自分に気づいたのは、私を抱き締めていた彼が、そのまま私を抱き上げた時だった。

「アルバート様？」

「何だ？」

「部屋に戻るなら、自分の足で戻りますわ。こんな姿を誰かに見られたら……」

「誰かに見られることはない。お前の部屋に戻すわけではないのだから」

「ではどこへ？」

「もちろん、私の寝室だ」

「寝室……？」

「私のものにする許可をくれただろう?」

「はい、それは……」

困惑していると、彼はちょっと視線を逸《そ》らせて苦笑した。

「そうだった。お前は作法を習う親もいないのだったな。さすがにミンスマイン家でも、そこまでの教育はしなかったのだろう」

「私……、何か無作法なことをしまして?」

「いいや、知らないのならばそれでもいい。お前は今から私の花嫁となるのだ、と言えば想像はできるか?」

彼のものになる……。彼の寝室で、彼の花嫁に……。

その意味に気づいて、私は顔を真っ赤にした。

「よかった。その意味ぐらいはわかるのだな?」

「わ……、わかってます。でも唐突ですわ。私は今『好き』と言われたばかりですよ?」

「違う。『愛している』と言ったのだ」

彼はお行儀悪く、足で寝室の扉を開けた。

入ったことのないその部屋には、大きなベッドが置かれていた。

落ち着いた色合いの重厚な部屋。壁には本がぎっしりと詰まった本棚があるのが、とても印象的だった。

花も美術品も置かれていない、飾りのない部屋。それがとても彼らしい。

「気づかなければ我慢できただろうが、気づいてしまったら我慢ができない。その髪の一筋まで、自分のものにしたい」

「でも……」

「嫌ならば、我慢しよう。これでも紳士だ」

彼は私をそっとベッドの上におろし、私の言葉を待った。

少しとはいえ、彼はお酒を飲んでいた。マーティン様の言葉に触発されて、愛の言葉を口にしてくれたらしい。

結婚をするつもりはないと言った。

もしかしたら……、求められるのは『今』だけかもしれない。

愛情は疑わないが、彼が正義の人なだけに、結婚できない女性を側におくことはできないと言い出すかもしれない。

だとしたら……。

「嫌ではありません……。私でよろしければ……」

「よかった。そうは言っても、我慢ができるかどうかわからなかったのだ」

彼が、また私にキスする。

もっと、乱暴にされるかと思った。

我慢できないと言ったし、彼は強引な人だし。

けれど重なる唇は、私を抱く手は、とても優しかった。

確かめるように私の顔を覗き込みながら、今度は深いキスをしてくる。

重ねた唇の間で、舌が、口を開けと促すから、唇を開くと舌が入り込む。

熱く湿った舌は、私の中で動き回った。

それさえ、優しい。

キスが続くと、私はお酒を飲んでいなかったのに、頭がぼうっとしてきた。

蕩《とろ》ける、というのだろうか？

身体の力が抜けてゆく。

目眩《めまい》を覚えてふらつくと、唇が離れた。

これからどうするの？　という目で見つめると、彼は優しく笑って私をベッドに横たえた。

「私は配慮の足りない男だ。特に女性に対しては。だがお前はものをはっきりと言える女性だから、私の足りないところはちゃんと言ってくれ」

また顔が近づく。

けれど今度その唇が触れたのは、唇ではなく、首筋だった。

キスは首筋から肩に移動し、手がドレスの肩を落とす。

「ドレスが……、破けてしまいますわ」

「新しいものを買ってやる」

「だめ……初めてアルバート様が私のために買ってくださったドレスですもの」

「ドレスを何枚でも買ってやると言えば、女は喜ぶものだと思っていた。だがお前は違うんだな」

「私を……、他の人と比べないで」

「わかった。もう言わない。では大切に脱がすから、少し背中を上げてくれ」

脱がす、と言うから手慣れているのかと思ったけれど、彼は飾りのボタンやリボンまで全て外した。ドレスがなんで留まっているかわからなかったのだろう。

それが嬉しい。

きっと、私が最初の女性ではないだろう。

アルバート様は私より年上だもの。

でも、慣れているほどお相手がいたわけでも、遊んでいたわけでもないのだわ。

青いドレスが肩から落ちる。

緩んだ胸元から、皮を脱ぐようにすっぽりと足元へ引っ張られる。

下には白いアンダードレスを纏っていたが、他人に見せるものではない下着は、身につけていても恥ずかしかった。

それに、これはゆったりとし過ぎていて、どこからでも彼の手を迎え入れてしまう。

「あ……」

もう一度、首元にキスされ、その唇が下へ滑る。

唇は熱いのに、彼の高い鼻は少し冷たくて、彼がたどる軌跡を肌に教える。

肩口から、手が中に滑り込んだ。

ドレスの中、固く閉ざされていた胸の膨らみが、大きな手で揉《も》みほぐされる。

「柔らかい」

と小さな呟きが聞こえた。

「他人に渡す前に気づいて本当によかった」

呟きは、そう続いた。

私も、知らなかったの。

あなたに女性として認めてもらえないという失望を味わうまで、あなたに恋をしているなんて。

あなたもそうだったのね。

他の人が、私に女性として見る目を向けるまで、恋をしていると思わなかった。

でもそれは、恋を超越したところで惹かれあっていたみたいで素敵だと思わない？

でもそんな考えを口に出して伝えることはできなかった。

「あ……や……」

私の口から漏れるのは、熱い吐息ばかり。

言葉を紡ごうとする度に彼の手が与える刺激がそれを奪ってゆく。

アンダードレスの中で、私の胸を探っていた手は、窮屈と思ったのか、これもまた破かぬようにしようと思ったのか、丁寧に紐《ひも》を解いて前を開けた。

恥ずかしくて、隠そうとした手が捕らえられる。

両手は、指を絡め合って握られる。

でも、喘《あえ》ぎを漏らすばかりの私の唇とは違って、彼の唇は忙しく動いていた。

「ん……ッ」

舌が、胸の先を濡らす。

初めての感覚に、ゾクリと鳥肌が立つ。

嫌なのではない。むしろ……、気持ち良かった。

良過ぎて、自分がどうにかなってしまいそうだった。

触れられていない、耳の後ろにも鳥肌が立つ。

舌が先を転がす度に、ピクンッと身体が震えてしまう。

花嫁の心得は教えられていなくても、女性としての身体が、愛されることの喜びを知っているかのように。

絡まっていた指がほどける。

摑むものがなくなった私の手は、シーツを握った。

アルバート様の手は、私のアンダードレスのスカートを捲《めく》った。

脚に触れた手は、硬かった。

指がたどるように臑《すね》から膝へ、膝から太ももへと移動してゆく。

指が脚の付け根に近づくと、何かを期待するように脚がヒクつく。

気づいているのだろうか？

気づいていないのだろうか？

指はためらいなく私の下腹部に触れた。

「……ア……ッ！」

きゅん、と触れられた場所の奥が締め付けられる。

お腹の奥の方が、疼《うず》く。

「脚を開いて」

囁《ささや》きが、夢の中から響いてくる。

アルバート様に、こんな優しい声が出せるなんて知らなかった。

いつもの強い声ならあらがうこともできるのに、あまりに甘い響きで、逆らうことができない。

力を抜いて、わずかに脚を開く。

腕一本分の隙間に、ぴったりと腕が入ってくる。

「あ……」

「指が……」

「ちゃんと感じてくれたんだな。濡れている」

言われた言葉に反応するように、何かがとろりと溢れ出す。

自分でも、彼の指を濡らしてしまった、と思った。そんなところが『濡れる』なんて思っていなかったのに。

指は、私が零した露の中に進み入り、内側に届いた。

そこに、指を迎えた場所があるのだ。

そこは、どこまでも入ってくる指を、どこまでも迎え入れた。

「あ……、あぁ……」

中で蠢《うごめ》く指が、私に声を上げさせる。

目の前に黒い髪。

彼が顔を上げて私を見る。

見ないで、きっと今、私はだらしのない顔をしている。

でも『見ないで』の一言も言えない。

目が合った。

彼の黒い瞳に『赤』が射す。

黒い外見に深紅の炎が揺らめいて見える。

その炎が、私の身体に移って、身体が燃えるように熱い。

彼がうつむいて、前髪が目を隠した。

「あ」

濡れた舌が、再び胸を濡らす。

小さな生き物が這《は》っているような感覚。

身体の内側に、感覚の根が張って、全身を支配する。

脚の間に差し込まれた指は、舐《な》めるようにそこを弄《いじ》り続けていた。

「あ……、ぁ……っ。だ……め……」

何度も、何度も、その指先から私の身体の中を駆け抜けてゆくものがあった。それを快感というのか、寒気というのか。その感覚を言い表す言葉が見つからない。

ただ、その感覚が走り抜けてゆく度に、身体の末端までが疼き、もっと別のものを欲しがってゆく。

曖昧で、もどかしいものではなく、もっと熱く、しっかりとした感覚が欲しい。でないと、頭がおかしくなってしまいそう。

「アル……」

彼の名を呼ぼうとして、お腹に力が入る。

結果、中にある指を締め付ける。

「……バートさ……ま……」

このもどかしさを埋めてもらうためには何をしたらいいのか、わからなかった。何を望んでいいのかも、わからなかった。

ただ『それ』をくれるのはアルバート様だけなのだということは、わかっていた。

「甘い声だ。お前のそんな声が聞けるとはな」

嬉しそうに言うと、彼は指を引き抜いた。

「あ……ッ！」

指が内壁をこする感覚に声が上がる。

「これでアイリスが私の花嫁だ」

身体を起こし、彼が視界に入る。

アルバート様は乱暴に自分の服を脱ぎ捨て、私の脚を取った。

熱い手が、股を掴んで開かせる。

「いや……っ」

「嫌か？」

「ああ。そういう意味か。良かった。私を嫌がっているのではないのなら、気にするな。今のお前は、ただ美しいだけだ」

「こんな……」

「恥ずかし……」

こんなはしたない格好でも？

「誰かをこんなにも愛《いと》しいと想うことがあるとは思わなかった。自分がこんなにも忍耐力のない男だということも知らなかった。私を変えたのはお前だ」

指がいた場所に、何かが当たる。

「アイリスは私のものだが、私もまた、お前のものだ」

彼の右手が、ベッドに広がった私の金の髪をすくい上げ、キスした。

次の瞬間、当たっていたものが、私の中に押し入ろうとする。

「い……」

反射的に力が入って侵入を阻んだが、そんな抵抗などないに等しかった。

「……た……っ」

閉ざされていたものが、こじ開けられる。

内側にくすぶっていたものが溢れ出す。

自分の身体の境界が曖昧になり、溶けてしまいそうになる中、私を支える彼の手と、中にあるモノだけが『私ではないもの』と認識される。

私ではない、『彼』なのだ、と。

「あ……」

突き上げられ、曖昧だった感覚が明確になる。

内側にある塊に神経が集中し、それがはっきりとした快感に変わる。

「や……。あ……。い……」

シーツを握っていた手を離し、彼に伸ばした。

アルバート様がそれに気づいて手を取り、キスしてから自分の身体に触れさせる。

手を引かれたせいで、中にあったものは更に奥に届く。

「アイリス」

彼の身体が倒れてきて、その重みを感じた。

「あ、あ、あ……」

それも一瞬で、連続的に激しく突き上げられ、意識が飛ぶ。

身体の内側に張った根から快感という名の芽が出て、私を花開かせる。

「アルバート様……」

花が、開く音が聞こえたようだった。

花弁が二人を包むのが、見えるようだった。

美しく甘い花。

「あぁ……っ！」

その花の名を、『恋』と呼ぶのかもしれない……。

貪《むさぼ》られることに疲れ果て、彼の逞しい胸に抱かれて眠ったのは覚えていた。

部屋に戻らなくては、と思ったのに、彼は離してくれなかったし、自分ももう動くことができなくて、人に見られてはいけないと思いつつ、そこで眠ってしまった。

私達の恋はきっと許されない。

開いた恋の花は徒花《あだばな》でしかない。

だって、私達は結婚できないのだもの。

メイドやエドワーズさんが知ったら、顔をしかめるだろう。

ご友人達も、結婚できないとわかっていながら彼に身を任せた私を、ふしだらと言うかもしれない。

だから、この関係は秘密にしなければいけないのだ。

私は使用人で、料理人で、……愛人になるのだ。

それでも、愛されているのなら、それもいいと思った。

アルバート様ならば、きっと大切にしてくれるだろう。

ずっと側に置いてもらえるだけでも幸せだ。

なので、目が覚めて、ベッドに彼の姿がなくても、落胆はしなかった。

きっと彼は何事もないように振る舞って、自分達の関係を隠してくれているに違いない。寝室に誰も立ち入らないように言ってくれているのかも。

身に纏うのは、自分の金の髪だけしかなかったので、身体を起こすことができなかった。

薄い布団を身体に纏わせ、また眠りに落ちようかどうしようかと悩んでいると、ドアが開いた。

ビクッとして目を向けると、現れたのはアルバート様だった。

「起きたのか。目覚める時には側にいてやろうと思ったのに」

その言葉が聞けただけでも嬉しい。

「目覚める途中でした」

「では、もう少し寝ているといい。皆がお祝いを言いたいと言ったが、辞退しておいたから」

「……お祝い？」

「お前が私の花嫁になった祝いだ」

「皆さんに話したのですか⁉」

驚いて起き上がろうとし、身体の節々ににぶい痛みを感じた。特に『彼』がいた場所に。

「私にもデリカシーはある。どんな夜を過ごしたかは言っていない」

彼は近づいて私のいるベッドに座り、私の肩を抱き寄せた。

「だがマーティンは友人だ。彼にアイリスをあきらめてもらうためには、はっきりと事実を告げなければならないと思ったのだ。つまり、私がお前に求婚して、ＯＫの返事をもらった、と」

「……ご友人に嘘をつくのはいけないことですわ」

「嘘？　お前は私と結婚したくないのか？」

その言葉に胸が締め付けられる。

「できるものなら、したいと願います。大それた望みとわかっていても。でもアルバート様は結婚を考えてらっしゃらないとおっしゃったじゃありませんか」

彼の顔が、キョトンとした表情になる。

そんな顔、見たことがなかったわ。

「それはお前に恋をしていると気づくまでのことだ。今は違う」

「でも、貴族の養女になったとしても、公爵の妻にはなれないとも言いましたわ。いいえ、それでもいいんです。私は愛されただけで十分です。でもご友人達に結婚するなどと嘘をつくと……」

「ちょっと待て」

彼は私の言葉を遮り、深いため息をついた。

「すみません、愛されたなどと、傲慢《ごうまん》な言葉でした。お情けをいただいて……」

「だからちょっと待て」

声のトーンが強くなる。

……怒らせてしまったかしら？

「私は本当に言葉が足りないようだな。まさかお前がそんなふうに受け取っているとは……。いいか、アイリス、もう一度ちゃんと言うから聞きなさい。私はお前を愛している。愛されていると思ってくれるのは、傲慢でも何でもない。今までお前に好意は抱いていたが、それが恋とは思わなかったので、結婚という選択肢を考えていなかった。だがお前を愛しているとわかった時、結婚しようと決めたのだ」

彼はしっかりと私の顔を見ながら続けた。

「公爵の妻となるためには、爵位があった方がいい。私はどうでもいいが、私の妻として社交界に出れば、出自のことは噂となるだろう。だから見せかけでも爵位はあった方がいいのだ。マーティンが『養女』という選択肢を提示してくれたが、どの家に引き取られてもいいというわけではない。この国の貴族の養女では、すぐに『養女』だと知られてしまうだろう。そうなれば、引き取られる前がどうだったのかと詮索《せんさく》する者もいる。だから、この国以外の貴族の養女になるべきだ」

「この国……、以外？」

彼は、我が意を得たり、という顔でにやりと笑った。

「私はミンスマイン侯爵に『娘』を嫁がせると約束して、取引をした。だがやってきたのは『娘』ではなかった。公爵を騙すとは、外交問題になる犯罪だ」

「それは……！」

「だが、『娘』が嫁げば、問題はない」

「ロアナ様は既に人妻ですわ」

「お前は頭がいいくせに鈍いな。問題を起こさずに済ませるために、ミンスマイン侯爵にお前を『娘』とさせるのだ。つまり、お前はミンスマイン侯爵家の養女になるのだ」

「私が？」

「そうだ。外国の貴族であれば、わざわざ詮索する者はいないだろう。事実を話せば、ロアナ嬢も、実家に顔を出すことができる。相手の男は悪い男ではないのだろう？」

「当然です。いつかアカデミーで高名な学者になるのですもの。立派な方ですわ」

「それならば、侯爵も認めるだろう。アイリスは、ミンスマイン侯爵令嬢として、正式に私と結婚する。誰に隠すこともなく、私達は夫婦となるのだ。もっとも、そのためには一度お前を置いてミンスマイン家にその申し入れをしに行かなくてはならないが」

私が……、アルバート様の奥様になれる。

この方はちゃんとそこまで考えてくれていた。

喜びが身体中に溢れ、涙が零れた。

その涙を彼のキスがすくう。

「友人達は、私がお前に恋をしていることに気づいていたそうだ。会ってからずっと、私がお前の自慢ばかりしていたから。そして美しいお前を見て、これはもう絶対だと確信したらしい。なのにどうして自分の恋に気づかないのかと、焚《た》き付けるためにマーティンが一芝居うったそうだ」

お芝居……。

「どうりで、誰も反対せず、話が進むと思った。朝食は遠慮すると言ったのも、こうなる……いや、何でもない。まあみんな朝食は摂っていて、結婚のお祝いを言いたいそうだが辞退した、というのは言ったな？」

「……はい」

「エドワーズも『そうなると思っておりました』と言っていた。つまり、私達だけが、自分達の恋に気づいてなかったというわけだ。間抜けな話だが……」

不満げに言いながら、また彼が私にキスをする。

「マーティン達は、今日は勝手に過ごすそうだ。だから私はずっとお前の側にいてやる。何か言葉が足りなくて不安に思うことがあれば何でも訊くがいい」

肩に回っていない方の彼の手に、自分の手を重ねる。

大きくて温かい手。

この手が一時だけでも自分のものになれば喜びだと思った。

けれど、ずっと私のものであるとわかった今の喜びは、それとは比べることもできないほど大きいものだった。

「私……、手紙を書きますわ」

そっと、彼の胸に頭を寄せる。

「ロアナ様に、新しい料理人を雇ってくださいと」

「その手配は私がしよう。結婚祝いだ。それと、お前を身代わりにしてくれたことにも感謝しなくては。お陰で私はアイリスと出会い、手に入れることができたのだから」

「ええ、ロアナ様はいつも私に幸福をくれました」

「だがこれからは、それは私の役目だ」

額に与えられるキス。

「そのお言葉だけで、何一つ不安なことなどありませんわ。あなたの言葉が足りないと思ったら、これからは遠慮なく尋ねます」

「では私はそれにちゃんと答えよう、こんなに愛しい者と結婚しないで済ませようとしていた不埒《ふらち》者と思われぬようにな」

見つめ合い、互いに顔を近づけて深い口づけを交わす。

誰に遠慮することなく、恥じることもなく、『恋』をしていることを確認するかのように。

腕が、自然と互いの身体に回る。

もう離れない、離さないというように。

開いた恋の花は、昨夜から散ることなく咲き誇っていた。

これからもずっと、咲き続けるのだろう。

「愛している、アイリス」

「私も、です」

優しく私達を包んで……。

あとがき

皆様、初めまして。もしくはお久しぶりです。火崎勇《ひざきゆう》です。

この度は『公爵様は料理人を溺愛する』をお手に取っていただき、ありがとうございます。

イラストの弓槻《ゆづき》みあ様、素敵《すてき》なイラストありがとうございます。担当様、色々とありがとうございます。


さて、今回のお話はいかがでしたか？

男性の心を射止めるなら胃袋から、とはよく言われますが、アイリスは正にアルバートの胃袋と心を射止めたわけです。もちろん彼女の性格も含めて、ですが。

アルバートは、恋をしたことがありませんでした。だから、何とこれが初恋です。『恋愛』という観念も知っていたし、女性経験もありましたが、アイリスに対する気持ちが恋だとは気づかなかったのです。

が、執事《しつじ》はこんなにも主人が女性に気遣《きづか》ったり、二人きりで食事をしたりとか、ドレスを作ってやりたいなどと言うので、すぐにピンと来ました。が、使用人なのでそれを指摘することができませんでした。

一方友人達は、会った途端『アイリスが……』『アイリスは……』と喋《しゃべ》り続けるアルバートに、コイツゾッコンじゃん、と思っていました。

なのに本人を前に婚約者じゃないと言って、恋人だと紹介もしないので、鈍感にもほどがあるだろうと、荷物を解きに一旦アルバートと別れた後に一計を案じたのです。

翌朝、アルバートが潔くプロポーズしたことを報告した時には、皆胸をなでおろしたことでしょう。

そして二人のいないところで、執事の用意した祝杯をあげたと思います。

その後、アイリスは無事ミンスマイン侯爵令嬢としてアルバートに嫁ぎます。

結婚式もちゃんと挙げます。

やがて社交界にもデビューし、そこでも色々あるでしょうが、アイリスならば大丈夫でしょう。

彼女は強いですし、料理という武器もあります。

何よりアルバートの愛があるのですから。

むしろ注目を浴びて、アルバートに生まれて初めての嫉妬《しっと》を教えてあげるかも。

もちろん、ロアナも旦那《だんな》様はアカデミーの教授になり、伯爵を叙爵し、実家にも戻れるようになり、こちらもちゃんと結婚式を挙げられるでしょう。

友人としてアイリスの下を訪れる日も近いのでは？

ちなみに、このお話に出てくるお料理ですが、ものすごく悩みました。

何せ『なんちゃって海外もの』。ニンジン、タマネギぐらいは許されるだろうけれど、大根とか大葉とか、和食材は使えない。当然醤油《しょうゆ》もダメ。しかも調理道具もどこまでが使えるのか……。

なので、当初の予定より簡単なお料理しか出せませんでした。

もちろん全て作製可能なものですので、作ってみるのもよろしいかと。

バターの塊を鶏肉で包んだカツは、確かロシアの方のお料理かな？　美味《おい》しいです。

お祖母《ばあ》様に作った薄い焼き菓子は、ラングドシャですね。でもラングドシャ、という名称を作中で使っていいものかどうかも悩んで、使いませんでした。

何にせよ、皆幸せになれることは間違いなしです。

美味しい食事は、人を幸せにするのです。

それでは、そろそろ時間となりました。またの会う日を楽しみに。

皆様御機嫌好《ごきげんよ》う。

＊本作品はフィクションであり、実在の個人・団体・事件などとは一切関係がありません。

『公爵様は料理人を溺愛する』、いかがでしたか？

火崎《ひざき》 勇《ゆう》先生、イラストの弓槻《ゆづき》みあ先生への、みなさまのお便りをお待ちしております。

火崎 勇先生のファンレターのあて先
〒112-8001 東京都文京区音羽2-12-21 講談社 文芸第三出版部「火崎 勇先生」係
弓槻みあ先生のファンレターのあて先
〒112-8001 東京都文京区音羽2-12-21 講談社 文芸第三出版部「弓槻みあ先生」係

N.D.C.913　270p　15cm

火崎 勇（ひざき・ゆう）
1月5日生まれ。B型。
趣味はジッポーのオイルライター集めの愛煙家。
なので最近肩身が狭いです。

講談社X文庫

white heart

公爵様《こうしゃくさま》は料理人《りょうりにん》を溺愛《できあい》する

火崎《ひざき》 勇《ゆう》

●

2019年6月3日　第1刷発行

定価はカバーに表示してあります。

発行者――渡瀬昌彦
発行所――株式会社 講談社
東京都文京区音羽2-12-21 〒112-8001
電話 編集 03-5395-3507
販売 03-5395-5817
業務 03-5395-3615
本文印刷－豊国印刷株式会社
製本――株式会社国宝社
カバー印刷－豊国印刷株式会社
本文データ制作－講談社デジタル製作
デザイン－山口　馨

ISBN978-4-06-515411-3

ホワイトハート最新刊

公爵様は料理人を溺愛する

火崎 勇　絵／弓槻みあ

彼が求めているのは私ではない？　侯爵家に仕える料理人のアイリスは、望まぬ結婚を強いられた侯爵家令嬢を救うため、自ら替え玉となって嫁ぎ先の隣国へ向かうことに。そこで待っていたのは……。

龍＆Dr.外伝
獅子の誘惑、館長の決心

樹生かなめ　絵／神葉理世

美術館の館長である緒形寿明を強引に抱き「忠誠を誓え」「恋に落ちた」と囁くのは、大盗賊・宋一族の若き獅子──獅童。逃げても追われ、捕獲されてしまうことに寿明は悩むが……。弱肉強食の恋の行方は!?

ホワイトハート来月の予定（7月5日頃発売）

女皇陛下の見た夢は　李唐帝国秘話……………………貴嶋 啓
王の遊戯盤　欧州妖異譚22……………………篠原美季
VIP 溺愛……………………高岡ミズミ
獣の巫女は祈らない……………………中村ふみ

※予定の作家、書名は変更になる場合があります。